KB233149

위대한 이야기꾼

윌리엄 포크너

위대한 이야기꾼

윌리엄 포크너

한 혜 경

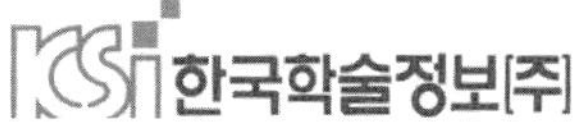

위대한 이야기꾼 윌리엄 포크너

이 연구는, 필자가 윌리엄 포크너를 전공하기로 결심한 후, 1977년 *Light in August*를 중심으로 석사논문을 발표하고 나서, 근 18년이 흐른 뒤에, 그의 대표작, *The Sound and the Fury*, *As I Lay Dying*, *Absalom, Absalom!*의 서사 기법에 관하여 쓴 것이다.

처음 포크너에 심취하게 된 이유는 그가 파헤친, 인간의 어쩔 수 없는 비극성 때문이었다. 그리고 필자 또한 인간이라면 그 비극성 한가운데 서서 자신만의 아이덴티티를 추구하면서 결코 쉽지 않은 삶의 방식을 고수해야 마땅하다고 생각했었다. 물론 마음 한구석에 쉬운 길도 있으리라는 막연한 생각도 있었을 것이다. 그래서 초기에는 주로 비극적인 주인공을 중심으로 주제에 관련된 논문들을 썼다. 너무나도 절절하고 암담한 굴레를 짊어진 채, 어릴 적부터 힘들게 살다가 결국 비참한 종말로 치닫는 인물들에게 매료되어 동정하면서도 울분을 느끼면서 포크너의 많은 작품들을 반복해서 읽고 연구하였다.

그러는 동안, 인간성의 심연을 파악하는 것이 작가의 대단한 본분이겠지만, 그것을 읽는 것을 넘어서 흥미롭게 귀여겨들을 수 있도록 잘 전달하는 것이야말로 작가의 위대함임을 통감하면서 포크너의 이야기들을 듣게 되었다. 비극적인 주인공들의 내면을 읽다보면 복잡하고 난해하여 자칫 실제 인물이 아닌 관념적인 허상들 같을 수 있는 인물들이 옛날이야기처럼 듣고 있으면 친근한 이웃사람들로 여기게 되는 것이다. 이에 착안하여 포크너의 서사기법을 집중적으로 연구하게 된 것이다. 이 연구는 그의 걸작들 중, 주제를 중심으로 연구했던 *Light in August*를 제외한, *The Sound and the Fury*, *As I Lay Dying* 그리고 *Absalom, Absalom!*의 이야기들을 포크너가 어떤 방식으로 다양한 목소리로 이야기하고 있는가에 집중되어 있다.

*The Sound and the Fury*를 가만히 들어보면 시공을 넘나드는 네 개의 목소리들을 생생하게 들을 수 있다. 그 목소리들은 모두 캐디(Caddy)를 향해 있다. 그러나 그 목소리는 누구와 소통하기 위한 것이 아니고, 자기 내면으로부터 어쩔 수 없이 새어나오는 'Sound(음)'일 뿐이다. 그러니 소통 불능일 수밖에. 그리하여 목소리의 주인공들은 자신에게 가장 중요한 사람과의 기억 언저리를 끊임없이 날아다니는 것이다. 그래서 그들은 현실 속의 인물들과는 더욱 멀어지고 소통하지 못하게 된다. 독자들에게도 이들의 목소리는 혼란스럽고 난해하다. 그런데 바로 여기에 독자들만이 그들의 목소리의 의미를 듣고 알아갈 수 있는 근거가 있는 것이다. 귀 기울여 듣고 음미하려는 사람들에게만 들리는 음악처럼 말이다.

사실 필자가 윌리엄 포크너를 알게 된 것은, 처음으로 영어를 배우고 미국과 영국에 대해 관심을 갖게 되면서, 신문에 난 멋진 기사를 접하게 되면서다. 1962년 윌리엄 포크너의 죽음 직후 그의 문학적 업적을 평한 글이었다. 확실하진 않지만 '*음향과 분노*

의 위대한 작가 …… 지다,' 그런 제목이었다. 그때 그 제목 속에서 당시에 가장 좋아하던 '음향(Sound)'과 '위대한 작가'란 말이 마음에 꽂혔던 것 같다. 그의 노랫가락이 귓가에 즐겁게 들려오는데다 이름까지 달콤하여 '엘비스 프레스리'를 좋아하게 된 것처럼 말이다. 사실 그때엔 그 'Sound'란 것이 의미를 전달할 수 없는 'Noise'를 의미한다는 것을 몰랐었다.

*As I Lay Dying*은 훨씬 많은 열다섯 개의 목소리들이 애디 번드런의 죽음과 그녀의 가족들의 장례여행에 관해 이야기하고 있다. 자신의 생각을 시시콜콜 얘기하는 이들의 다양한 목소리들이, 난해하고 심각한 한 가족의 이야기를, 훨씬 쉽게 알아들을 수 있는 이야기로 바꾸고 있는 것이다.

*Absalom, Absalom!*은 앞의 두 작품보다 훨씬 스케일이 큰 작품이다. 따라서 목소리뿐만 아니라 이야기도 여러 갈래이다. 토마스 서트펜 이야기와 로사 콜드필드 이야기 그리고 퀜틴 캄슨 이야기가 그것이다. 로사는 화자이면서 이야기 속의 등장인물이며, 퀜틴은 로사와 여러 사람들에게서 이야기를 듣는 청자(독자)이다. 이어서 퀜틴은 들은 이야기를 재구성해서 캐나다인 동급생 슈리브에게 들려주는 화자가 되며, 슈리브는 일반 독자 역할을 하고 있다. 이렇게 포크너는 이 작품에서, 토마스 서트펜의 비극적 삶과 그의 주변에서 그에게 희생당하는 여러 인물들을, 피해 당사자인 로사의 관점을 비롯한 다양한 관점으로도 그려냈고, 독자의 자세 및 역할까지도 제시하고 있는 것이다.

그 후 또 10여 년이 흘렀다. 그동안 포크너와 나사니엘 호손, 버지니아 울프, D. H. 로렌스, 포스트모던 소설가들 등등 여러 작가들을 공부하고 가르치면서, 주로 구조와 서사기법에 관심을 기울여왔고, 논문은 주로 호손에 관해 발표했다. 호손은 포크너와는 다른 구조와 서사기법을 탁월하게 잘 사용하는 또 하나의 위대한 작가이기 때문이다.

그러나 필자는 2002년부터 다시 윌리엄 포크너에게 최대의 관심을 쏟게 되었다. 1977년부터 교단에 서서 가르치면서 한편으로 연구하면서, 포크너의 위대함에 거듭거듭 놀라곤 했는데, 처음엔 그의 인간성 탐구와 그것을 드러내 보여주는 탁월한 기교 때문이었다. 그런데 세월이 흘러가면서 필자도 상당한 나이를 먹은 지금, 새삼 감탄하게 되는 것은, 남성인 포크너가 남성의 심리는 물론이려니와 여성에 대해서 너무나도 잘 파악하고 있다는 점이다. 그래서 필자는, 너무나도 정확한 포크너의 여성 이야기에, 비밀을 들켜버린 것 같을 때가 아주 많은 것이 사실이다. 하여 앞으로는 남성에게는 'Noise'일 수밖에 없는 여성만의 'Sound'에 주력하여, 그 음의 핵심에 동참하여 포크너와 함께 그 의미를 밝혀볼 참이다.

끝으로, 본인의 연구를 책으로 펴내주시고, 더불어 지나온 오랜 시간을 돌이켜 정리해볼 수 있는 기회를 주신, 이일로 선생님과 박주선 선생님께 감사드립니다.

한 혜 경

2006년 7월

목 차

I. 서 론

    윌리엄 포크너(William Faulkner)에 관한 최근의 연구 동향을 살펴보면 비평 방식에 있어서 뚜렷한 변화를 찾아볼 수 있다. 그것은 인물이나 플롯, 또는 테마를 중심으로 한 비평 대신에 작품 구조나 창작 기교를 대상으로 삼는 비평이 부쩍 더 눈에 띈다는 점이다. 이 새로운 비평적 시도는 단지 남부라는 지역성을 대변하는 지역 작가나 과거에 관해 남달리 관심을 표명한 전통주의자로서의 Faulkner보다는 지칠 줄 모르는 부단한 실험주의자·탁월한 기교가로서의 Faulkner에 주로 초점을 맞춘다. 이러한 비평을 실천하는 Faulkner 연구가들은 주로 언어의 힘, 해석의 전략, 독서 행위 등을 전면에 부각시킨다. 그들은 작품 표면에 등장하는 인물들의 명백한 행동 외에도, 텍스트 속에서 제기되는 언어의 역할 문제와, 일종의 사회적 거래로서 이야기하기(storytelling)의 전달적 기능을 특히 중시한다. 그러므로 이 비평에서는 자연히 문학의 또 다른 측면인 독자의 활동이 중요한 비평의 대상으로 떠오르게 마련이다.

    Faulkner는 무엇보다도 먼저 이야기꾼(storyteller)으로서 자신의 위상을 뚜렷이 인식한다. Faulkner 자신의 다음 고백을 보면, 그가 창작 기교에 남달리 신경을 쓰고 있음을 엿볼 수 있다.

As regards any specific book, I'm trying primarily to tell a story, in the most effective way I can think of, the most moving, the most exhaustive.(*Faulkner-Cowley File* 14)

Faulkner에게 있어서 이야기꾼의 주요 목표는 자신의 이야기하기가 갖는 문학적 힘을 이용하여 독자에게 영향을 미치는 것이다. 그리하여 Faulkner는 Jonathan Culler가 문학의 기본적 속성이라고 역설한 바 있는 "something other than ordinary communication" (134)을 충분히 인식하고, 기술적인 측면에서 그것에 접근하고자 부단히 시도한다.

하나의 작품이 제시하는 내러티브에서 표면상의 서술을 해 나가는 등장인물인 내레이터는 엄밀히 말해서 제2의 행위자이다. 제1의 행위자는 어디까지나 숨은 작가를 나타내는 익명의 내레이터이다. 그는 소설 속에서 서술이 시작되기 전에 그 내러티브에 점화를 하고, 어떤 내레이터의 서술에서 변화나 단절이 일어날 때 그 서술을 떠맡는 자이다. 내러티브 텍스트는 내레이터가 실제로 말한 것이든, 생각하거나 기억한 것이든, 아니면 단지 들은 것이든 간에 대부분 그의 담화로 이루어진다. 사실상의 예술작품이랄 수 있는 내러티브 텍스트를 만들어내는 〈서술〉(narration)이란 〈내러티브 행위〉(narrative act)를 의미한다. 그렇다면 Arthur F. Kinney가 주장하는 대로 예술은 다름 아닌 "an activity, not an object"(34)인 셈이다.

Faulkner에게 있어서 인간 의식의 현대적 이해가 내러티브의 형성적 요인이다. 그것은 또한 저자와 독자, 텍스트와 독자 사이의 협동적이고 보강적인 관계를 설정해 주는 중요한 요소이다.

인간의 주관적 의식은 객관적 현실에만 연관되는 것이 아니다. 그 둘은 상호 작용하고, 서로 간에 영향을 미치기 마련이다. 그래서 Faulkner 인물들의 의식에서는 마음속으로 기대하는 것이나 습관적인 것은 물론이고, 때로는 엄청나게 비논리적인 것도 허용된다. Faulkner는 다른 모더니스트 계열의 작가들, 이를테면 Joseph Conrad, James Joyce, Marcel Proust 등과 마찬가지로 의식의 흐름을 통한 지각적 이미저리를 추구한다. 그러나 Faulkner의 경우에는 의식의 이해 안에서 변화를 시도한다는 점이 특이하다. 그 변화란 이미지에서 개념으로의 민감한 변화이거나, 지각과 인식의 보다 근원적인 분리를 통한 변화이다. 강박적인 심리적 욕구에 따라서 의식은 본 것으로부터 보이지 않는 것을 추측해보기를 시도한다. 아울러 의식은 사물들의 함축적인 뜻과 다른 사람들의 동기를 추적해보려 한다. 의식이란 Henri Bergson에게와 마찬가지로 Faulkner에게도 끝없는 성장의 과정이자, 정신과 김각의 끊임없는 삭용이다. 또한 그것은 현재 속에 살아있는 불명확한 과거로부터의 지속이다.

소설이란 엄밀한 의미에서 말로써 이루어진다. 이것은 일종의 언어적 예술일 뿐만 아니라, 본질상 순전히 텍스트적인 글로 쓰이는 예술이다. 이야기하기의 매체는 〈말〉(words)이다. 그러나 말 자체는 Kinney의 주장대로 기껏 해 봐야 "an imperfect medium"(118)이다. 본래 말이란 어색하고 불투명하고 다루기 어려운 것이 특징이다. 기교파 작가들은 이러한 말의 특징을 문학적 담화의 특성으로 이용한다. 이에 따른 결과는 의미를 취소하는 것이 아니라, 오히려 의미의 무한한 가능성을 열어 준다. 이것이 바로 Faulkner 내러티브 시학의 출발점이다.

비록 언어가 진정한 인간의 체험을 표현하거나 전달하기에는 불충분한 매체임에도 불구하고 그것은 체험의 가장 중요한 대안이 된다. Faulkner가 작품 속에서 인물들로 하여금 말을 하게 함으로써 움직이는 인물들로 만드는 것을 보아도 그렇다. Faulkner는 결국 언어 자체를 극화시켜 각 인물의 경험을 드러내는 것이다. 그리하여 언어는 인물들을 보여주기 위한 단순한 도구 이상으로 쓰이는 것이다.

언어적 체험이란 작가에게 있어서 허구적 세계의 영역 안으로 도입되어 들어오는 특별한 체험이다. Faulkner의 언어 체험은 어찌 보면 내러티브 행위 그 자체이다. 그래서 Faulkner는 자신의 소설을 Stephen M. Ross가 논평하듯이 반복적인 "articulated drama"("Loud World" 103)로 간주한다. Faulkner는 말 자체의 의미에만 의존하려 하지 않고, 이야기하기 자체를 하나의 극적인 사건으로 간주한다. 이 이야기하기 사건은 반드시 청자를 필요로 한다. 구체적으로 말하면 청자의 통합적이고 구조적인 정신이 개입해야만 하는 것이다. 따라서 Faulkner의 작품 속에서는 독자의 구성적 의식이야말로 작가 자신의 내러티브 의식의 가장 중요한 바탕이 된다. Faulkner의 내러티브 의식은 우리의 구성적 의식에 재료를 제공함에 있어서 결국에는 넌지시 암시하는 것 이상의 단서들을 제공하지 않는다.

Faulkner는 제1인칭 주관적 시점으로든, 3인칭 객관적, 혹은 전지적 시점으로든 간에 독자들을 지각하는 행동 속으로 끌어들인다. 독자들은 인물들의 생각을 함께 나눌 뿐만 아니라, 그들과 함께 느끼고 반응하고 움직이며 생활한다. Faulkner가 작품 속에서 나타내는 의미들은 그 자체로서는 거의 무의미하기 짝이 없다. 의미란 본래 열려있거나 유예되어 있기 때문이다. Faulkner가 의도적으로 꾀하는 의미의 무의미화는 결국에는 독자들로부터 어떤 반응을 기꺼이 기대한다는 것과 아울러 읽어 나가는 동안에 부분 부분들을 교묘히 융합해 내는 독자들의 독서 상식을 믿는다는 것을 의미한다. 그러므로 그가 독자에게 처음으로 호소하는 것은 주의 깊고 헌신적인 독자들의 구성적 의식에 대해서이다. 독자는 작품 속 행동으로부터 보다 멀리 떨어져서 인물들의 의식으로부터 이해하기 위해 재구성하거나 인식해야만 한다. Faulkner의 소설에 나오는 모든 장면들에 대한 서술은 대개는 부분적이고 편견적인 의식을 통과한다. Faulkner는 웬만하면 객관적이거나 전지적인 내레이터를 제공하지 않는다. 그것은 인물 각자의 의식이 각자의 서술을 통하여 발전적으로 제시되기 때문이다. Faulkner의 기교를 검토하는 데 있어서 인물들의 발전적 의식을 주목할 소이가 바로 여기에 있다.

요컨대, Faulkner의 최종적 의미들은 하나의 인물이나 둘 이상의 인물들의 내러티브 의식에서 나오지 않고, 독자의 구성적 의식에서 생겨난다. Faulkner의 내러티브 시학에서 인식론적인 강조점은 결국에는 독자에게 있는 셈이다. 바꾸어 말하면 Faulkner의 창작 전략은 독자로 하여금 그 자신의 고유한 구성적 의식을 연마하여 가능한 한 모든 시점에 참여케 하는 것이다. 아울러 독자로 하여금 거기에서 발견하는 각종 이미지·비유·유추·병치 등을 인정하고 통합하도록 유도함으로써 내러티브 의식에 지나치게 의존하는 것을 방지하는 것이다. 그러므로 Faulkner는 인물들의 한정된 지식이나 의식에 의해 제한받지 않고, 그들의 감춰 있거나 잊혀 있는 생각들을 확장함으로써 독자로 하여금 그들의 삶 속에 직접 참여한다는 인상을 갖게 해주려한다. 주로 독자의 의식 안에서 이루어지는 이러한 효과들의 핵심은 복합시점의 사용이다. 역으로 말하면 소설이 제시하는 복합시점 때문에 독자의 구성적 의식이 마지막으로 그 중요성을 부여받아 작품의 통합된 구조를 만들어낼 수 있게 된다. 독자의 구성적 의식의 목표는 결과적으로 소설과 텍스트 자체에 대해 갖는 의식의 균형이나 통합이라고 말할 수 있다.

Faulkner는 무엇보다도 복합시점의 균형 있는 배열과 독자의 구성적 의식을 통한 소설 만들기(fiction-making)의 인위성을 인식한 바 있다. 특히 작가로서의 전성기라 할 수 있는 1920년대 후반부터 1930년대 중반까지는 더욱더 그러했다. 결과적으로 이 시기에 소설 만들기의 인위성을 부분적으로 기술하는 소설로서 *The Sound and the Fury, As I Lay Dying, Absalom, Absalom!* 등을 발표했는데, 이것들은 예외 없이 그의 평생의 대표작들로 인정받고 있다.

이 세 작품 속에는 거의 모든 인물들의 행동을 조절하고 통제하는 상징적 중심(symbolic center), 혹은 관념적 중심(conceptual center)이 있다. 그 각각의 중심은 여러 목소리들에 둘러싸여 있는데, 이 목소리들은 강박적으로 그 중심에 반응하면서 그것을 끊임없이 재구성한다. *The Sound and the Fury*에서는 Caddy의 상실이 언제나 Compson 형제들의 의식을 지배한다. 또한 *As I Lay Dying*에서는 Bundren가의 어머니인 Addie가 장례여행에 참가한 가족들의 생각과 행동의 축 역할을 수행한다. 그런가 하면 *Absalom, Absalom!*에서는 남부의 전설적 인물인 Sutpen이 네 명의 내레이터들에게 언제나 생성적인 이미지로서 부각된다.

남부의 한 명문 가정인 Compson 집안의 붕괴를 라이트모티프로 갖고 있는 *The Sound and the Fury*는 세 형제를 주요 인물 겸 내레이터로 등장시키고 있다. 이 가운데 막내인 Benjy는 시간의 흐름을 모르는 백치이기에 온통 혼란스런 목소리를 갖고 있다. 그는 필경 "a quasi-narrator"(Hedeen 625)이기에 정상인으로서는 도무지 이해할 수 없는 방식으로 사건과 행동 전부를 아무런 설명이나 논평 없이 제시해 준다. 소설의 상징적 중심인 Caddy를 이상적으로 숭배하는 또 다른 목소리가 있는데, 그것은 바로 Quentin이다. 그는 Caddy에게 강박적으로 순결·이상·순수에 대한 낭만적 갈망을 투영한다. 한편, 이 관념적 중심을 과소평가하고 비난하려는 제3의 목소리가 있다. 그것은 바로 황금만능주의의 신봉자인 Jason이다. 그는 탐욕스럽게 Caddy와 그녀의 딸 Quentin을 물질적으로만 이용하려 든다.

*As I Lay Dying*도 *The Sound and the Fury*처럼 기본적으로 한 가정을 그린 가족 소설이다. 이것 또한 가족들이 반복적으로 자기의 기대에 따라 살아가지 못하는 어머니 Addie Bundren의 의도적 불만을 그리고 있다. Faulkner는 *As I Lay Dying*에서 전통적인 이야기꾼의 역할을 거부하고 복잡한 의식들의 흐름을 포착해 기술함으로써 진리를 보는 다각도의 관점을 심리학적으로 고찰한다. 그는 〈내면독백〉(interior monologue)의 형식을 빌려 의식을 표현함으로써 인물 각자로 하여금 놀라울 정도로 자유롭

게 시공의 한계를 벗어나 움직이게 한다. 그가 여기에서 서술 방식으로 채택하는 복합시점은 단순한 기교상의 실험이 아니다. Kinney에 따르면 그 자체가 전개 방식일 뿐만 아니라 주제이다 (162).

*Absalom, Absalom!*에서는 남부의 전설적 인물인 Thomas Sutpen이 Caddy나 Addie와 마찬가지로 관념적 중심의 역할을 담당한다. Sutpen도 Caddy처럼 내레이터로서 자기 목소리를 갖지 못한다. 오직 소설 속의 내레이터로서 이야기를 만들어 가는 사람들에 의해 창조된 인위적 모습만을 취함으로써 그 자신은 "an amalgam of private and public myths, fears, legends, lies, and speculations"(Hedeen 626)에 지나지 않는다. 따라서 관념적 중심은 언제나 그림자처럼 윤곽을 희미하게 드러낼 따름이다. 실제로 소설 속의 성격화된 인물로 부각되는 사람들은 내레이터인 Miss Rosa, Mr. Compson, Quentin Compson, Shreve McCannon뿐이다.

Faulkner의 많은 중심인물들은 이와 같이 다른 사람들의 목소리를 통해서 삶의 부분들을 경험한다. Faulkner는 등장인물-내레이터를 채용할 때 대개는 그로 하여금 자기 이야기(tale)를 이야기 속의 다른 인물에게 말하게 하고, 인물 각자의 체험에 맞는 언어적 등가물을 형성하려고 노력한다. 이것은 내러티브 행위 자체를 드라마틱한 사건이 되게 하기 위함이다. 그러므로 상기한 Faulkner의 작품들에서 여러 내레이터들을 통한 이야기하기는 하나의 서술 방법으로만 그치지 않고, 그 자체가 곧 소설이 되는 것이다.

본 연구의 목적은 Faulkner의 내러티브 미학에 관심을 갖고 작품 자체의 심미적 과정을 분석하고자 하는 것이다. 본 연구에서 주로 다루게 될 *The Sound and the Fury*, *As I Lay Dying*, *Absalom, Absalom!*은 부분적으로는 자기 해석이 되고자 하는 소설, 즉 메타픽션의 특성을 모두 갖고 있다. 이 작품들은 모두 포스트모더니즘 소설들처럼 그 자체의 자의식적인 심미적 과정을 생성 원리로 내세우고 있다. 이 원리는 객관적 사실의 변형을 새롭게 체험하기 위하여 언어를 통해서 도달하는 것이 아니라 사실로서 언어의 창조적 과정을 받아들이는 원리이다. 따라서 본 연구에서 이 작품들을 분석하려는 일차적 의도는 작가 자신의 의도나 소설의 창작 과정에 대한 작가의 코멘트를 규명하려는 것도 아니고, 소설의 독특한 구조를 해명하려는 것도 아니다. 그것은 글쓰기의 과정을 글쓰기의 주제로 바꾸어서, 그 자체의 허구성을 의식하는 메타픽션으로서 논하려는 것이다. 이러한 비평 방식을 기본 바탕으로 삼고 있는 본 연구의 궁극적 목표는 작가인 Faulkner와 텍스트, 그리고 그 속의 내레이터뿐만 아니라 제3의 행위자인 독자가 글쓰기 과정에서 참여하는 활동적인 상호작용을 입증코자 하는 것이다. 물론 우리의 관심은 Faulkner의 작품 속에 나타난 행동 및 사건 자체의 의미가 아니라, 독자의 의미 추구 행위를 자극하거나 일으키는 방법에 주로 집중될 것이다.

Ⅱ. *The Sound and the Fury*: 내러티브 사중주

William Faulkner 자신이 자기 작품 가운데 가장 애정이 가는 작품이라고 스스로 인정한 바 있고(Stein 73), 적지 않은 비평가들이 현대문학의 최고 걸작 중 하나라고 극찬하고 있는[1] *The Sound and the Fury*는 이에 걸맞을 만큼 Faulkner 연구가들로부터 다양한 비평적 관심을 받아왔다. 일찍이 Jean Paul Sartre(84-93)와 Perrin Lowrey(53-62)는 시간의 형이상학적 개념을 바탕으로, Irving Howe(157-74)는 사회학적 관점으로 각각 작품 주제에의 접

---

1) 대표적인 비평가로는 Irving Howe, Richard P. Adams, Richard Chase 등을 들 수 있다. 이들은 각각 *The Sound and the Fury*의 위대성을 다음과 같이 역설하고 있다.

But if there are any American novels of the present century which may be called great, which bear serious comparison with the achievements of twentieth-century European literature, then surely *The Sound and the Fury* is among them.(Howe 174)

The result is not only Faulkner's masterpiece but, in my opinion, one of the great books of the world.(Adams 248)

The Sound and the Fury is one of the few American novels that rises to a truly tragic art, bringing the possibilities of the novel form to their fulfillment.(Chase 206)

근을 시도한 바 있다. 그런가 하면 Carvel Collins (29-56)와 Lawrance Thompson(211-25)은 각각 Freud 심리체계와 Jung의 집단무의식을 바탕으로 상징적 해석을 하고 있다. 이에 덧붙여서 Richard P. Adams(215-48)는 신화적 측면에서 조심스럽게 접근해 가는가 하면, Douglas Messerli(19-41)는 현상학을 차용해서 작품의 의미를 밝혀내고 있다. *The Sound and the Fury*에 접근하는 이같이 다양한 비평방법들을 종합해 보면 우리는 거기에서 한 가지 중요한 공통점을 발견할 수 있게 된다. 그것은 바로 이 각각의 비평적 해석이 근본적으로 "a deterioration from the past to the present"(Volpe 95)라는 주제의 극화라는 아주 평이하고도 기본적인 전제 위에서 성립한다는 점이다. 결국 미국소설에서 부르주아 붕괴의 가장 좋은 예(Bassett 55)라고 할 수 있는 *The Sound and the Fury*에 대한 평자들의 논의는 따지고 보면 그 〈붕괴〉를 바라보는 시각의 차이에서부터 다양하게 갈라져 나간다. 그러나 어느 방법을 차용하든지 간에 이 붕괴과정에서 어쩔 수 없이 강한 비극적 상실감이 파생하게 마련이다.

Wolfgang Iser에 따르면 *The Sound and the Fury*는 James Joyce의 *Ulysses*를 제외하고는 내러티브 기교를 가장 현대적으로 실험하는 작품이다(136). 이것은 기존의 허구 세계를 재현하는 것이 아니라 허구성이 만들어지는 과정, 다시 말해서 소설 만들기 과정을 탐험해 가는 일종의 메타픽션이다.[2] 이 탐험과정에

---

2) 비평가 Paul M. Hedeen은 이 작품의 메타픽션적 성격을 인정하고서, 이를 가리켜 "an experiment that is not only modern but also metafictional"(642)이라고 역설한다.

참여한 모든 내레이터들은 비유적이고 탐구적인 목소리들이다. 그리기에 그들이 벌이는 탐험은 독자에 의해 완성되지 않으면 안 된다.

독자는 Compson 형제들과 함께 소설 속으로 들어가 황혼 속에서 나무 위에 앉아 집안을 들여다보는 한 어린 소녀를 바라보고 그녀의 형상이 갖는 의미에 관심을 집중한다.[3] 독자는 먼저 제1장에서 백치인 Benjy의 의식에 포착된 Caddy의 운명적인 모습을 뚜렷이 목격하게 된다.

"All right." Versh said. "You the one going to get whipped. I ain't." He went and pushed Caddy up into the tree to the first limb. We watched the muddy bottom of her drawers. Then we couldn't see her. We could hear the tree thrashing.(46-47)

이 장면에서 Caddy가 Benjy의 시야로부터 사라지는 것처럼 그녀는 소설 전체를 통하여 실체를 감춘 채 오직 상징적·관념적 중심으로만 제시된다. Faulkner가 이처럼 Caddy를 대부분의 1인칭 내러티브에는 잘 맞지 않게, 또한 반전통적으로 그리는 것은 무엇보다도 그녀가 작품의 모티프 이상도, 이하도 아님을 독자에게 확

---

3) 작가 스스로 *The Sound and the Fury*는 나무 위에 올라가 집안을 들여다보고 있는 한 소녀, 즉 Caddy의 이미지와 함께 시작되었다고 고백한 바 있다.

 [*The Sound and the Fury*] began with the picture of the little girl's muddy drawers, climbing the tree to look in the parlor window with her brothers that didn't have the courage to climb the tree waiting to see what she saw.(*Faulkner in the University* 1)

인시켜 주기 위한 것이다. 따라서 그녀의 가장 큰 역할은 별개의 내러티브 체험 형태들을 결합시켜 주는 일이다. 그녀가 자기 목소리를 갖지 않는 것은 근본적으로 작가인 Faulkner의 심미적 의도와 일치한다. 어찌 보면 그녀는 단지 이름뿐인 하나의 기호에 지나지 않는다. 그래서 저명한 Faulkner 비평가 André Bleikasten은 그녀를 가리켜 "an empty center, a center which one might paradoxically call eccentric"(*Most Splendid Failure* 51)이라고 규정한다. 그녀의 비실체적 이미지는 표면구조에서 그녀 자신의 목소리가 없기 때문에 비교적 용이하게 독자에게 인식된다. 그러나 심층구조에서 보면, 그녀의 비실체성은 작품의 주제라 할 수 있는 상실감을 구현해 준다. 결국에 그녀는 Benjy에게서 떠난 것과 마찬가지로 그녀 자신의 순결성에 강박적으로 집착하는 Quentin의 나르시시즘의 거울에서부터 사라지고 만다.

> *In the mirror she was running before I knew what it was. That quick, her train caught up over her arm. she ran out of the mirror like a cloud, her veil swirling in long glints her heels brittle and fast clutching her dress onto her shoulder with the other hand, running out of the mirror the smells roses roses the voice that breathed o'er Eden. Then she was across the porch I couldn't hear her heels then in the moonlight like a cloud, the floating shadow of the veil running across the grass, into the bellowing. She ran out of her dress, clutching her bridal, running into the bellowing.* (100)

　Caddy의 상실이 이 책에서는 중요한 사건들을 끊임없이 제시해 준다. Benjy와 Quentin에게 있어서 Caddy의 상실은 실제적이든 비유적이든 간에 죽음과 연관된다. *The Sound and the Fury*에서 죽음의 이미지는 작품 전체를 지배하는 모티프로서 작용하며, 죽음에 대한 환기가 시종일관 이어진다. 특히 Benjy의 장에서 죽음의 이미지가 가장 억제된 상징으로 나타나면서 그러한 분위기가 전체적으로 짙게 깔린다. 할머니, 아버지, Quentin, 그리고 암말 Nancy의 실제적인 죽음 외에도 늘 병석에 누워 있는 어머니 Mrs. Compson은 Benjy에게 죽음과 직결된 병상의 냄새를 언제나 풍긴다. "a walking shadow"라기보다는 차라리 "a lying shadow"에 지나지 않는 Mrs. Compson이야말로 어쩌면 죽음이 삶 속에 실재하고 있음을 보여주는 산 증인이라 할 수 있다.

　The Sound and the Fury 전체에 걸쳐 이러한 죽음들과 직·간접적으로 관련된 Caddy는 언제나 과거에 머무른다. 그러기에 Mr. Compson은 그녀의 이름을 집안에서 언급하지도 말라고 엄명하기에 이른다. Benjy는 언제나 그녀를 안정과 위안의 원천으로 추구하고, Quentin은 그녀를 자신의 이상으로서 갈망하지만, 두 형제는 끝내 그녀를 상실하고 만다. 한편, Jason은 그녀를 심한 증오의 대상으로 여기고 비정하게 이용하려 든다. 마지막으로 Caddy는 전지적 내레이터를 통해 독자에게 객관적 실체로서 떠오르게 된다. 이런 의미에서 *The Sound and the Fury*는 "a novel of four fictions, four modes of telling, all with the same conceptual center"(Hedeen 629)임에 틀림없다. Faulkner 자신이 밝힌 대로 *The Sound and the Fury*는 똑같은 이야기를 네 개

의 다른 시점으로부터 말하려는 시도라 할 수 있다.

> I tried first to tell it with one brother, and that wasn't enough.
> That was Section One. I tried with another brother, and that wasn't
> enough. That was Section Two. I tried the third brother, because
> Caddy was still to me too beautiful and too moving to reduce her
> to telling what was going on, that it would be more passionate to
> see her through somebody else's eyes I thought. And that failed and
> I tried myself-the fourth section-to tell what happened, and I still
> failed.(*Faulkner in the University* 1)

*The Sound and the Fury*는 이 같은 구성상의 특징을 갖고 있어서 어느 한 부분도 전체를 포함하지 않으며, 어느 한 시점도 작가가 시도하는 것을 온전히 다 전달하지는 못한다. 물론 이러한 현상의 근본 원인은 의심할 바 없이 언어적 체험의 불충분성에 있다. 이에 Faulkner는 〈말〉의 한계를 인식하고 그것을 극복하는 한 방법으로 소설의 구성에서 하나의 관념적 중심을 설정하는 것이다. 이 중심을 이루는 Caddy는 실상 가장 역설적인 존재이다. 그녀는 Compson 집안 아이들 중에 가장 생동적인 인물이면서도, 그녀 자신의 부재로 인해 현실로부터 꿈의 존재로 변모하고 만다. 그러기에 그녀는 "not a character but an idea"(Sundquist 10)에 지나지 않는다. 아니 오히려 형제들의 마음속에 자리 잡고 있는 하나의 강박관념에 불과한 것이다. 이에 본 장은 Compson 삼 형제 Benjy, Quentin, Jason의 내면독백 속에서 Faulkner가 Caddy를 통하여 각각의 심리적 목소리를 만들

어 가는 과정을 중요한 고려 대상으로 삼는다. 아울러 Faulkner 평자들 사이에서 시점과 관련하여 간간이 논란의 대상이 되어온 마지막 장의 내러티브 기법을 제3의 목소리인 독자를 대입시켜 명확히 규명해 보고자 한다.

The Sound and the Fury는 시간 개념이 전혀 없는 백치의 마음에서부터 시작한다. Benjy의 장은 시간상으로 그의 나이 33세인 1928년에 쓰인 것이다. 그럼에도 불구하고 그의 독백 대부분은 1898-1912년의 사건에 관심을 집중한다. Benjy에게 있어서 시간은 존재하지 않거나, 아니면 적어도 이미 오래전에 정지해 버렸다. Samuel Beckett의 희곡 Waiting for Godot에서 Vladimir이 "Time has stopped"(36)라고 말하는 것과 마찬가지로, Benjy의 시간도 이미 동결되어 버렸다. 이것은 Benjy가 Compson 집 대문 앞에서 영영 돌아오지 못할 Caddy를 마냥 기다리는 장면 속에 상징적으로 잘 암시되어 있다. Benjy의 기다림은 Beckett의 작품에서 Vladimir과 Estragon이 무작정 Godot를 기다리는 것과 기본적으로 다를 바 없다.

The Sound and the Fury에서 Benjy의 장이야말로 언어에 대한 불신이 가장 극명하게 드러난다. 말은 모호함과 혼란의 끝없는 원천이다. 그러므로 말을 통한 전달은 언제나 오해로 이어지기 십상이다. 말이란 모든 사람이 일시적인 형태로 조립하고 흔히 자기 혼자만을 위한 개별적 의미로 채우는 기호들이다. 언어 전달의 혼동은 The Sound and the Fury 서두에 나오는 Benjy의 첫 번째 독백에서부터 드러난다. Benjy의 독백은 골프장에 대한 보고로 시작한다. Benjy는 골프장 담을 따라가면서 골퍼들이 공을 치는 것을 신기한 듯이 바라본다. 이때 한 골퍼가 "Here, caddie"(1) 하고 소리친다. 〈캐디〉라는 소리는 하나의 신호이다. 역으로 말하면 신호의 모든 자의성을 갖고 있는 소리이다.

"caddie"라는 말이 골퍼들에게 의미하는 것과 Benjy에게 의미하는 것은 분명히 다르다.[4] 그뿐 아니라 그 말이 Benjy에게 의미하는 것은 독자에게 의미하는 것과는 또 다르다. 동음이의어의 구분이 없고, 직선적인 의미만을 띠는 Benjy의 언어는 현실적으로 그가 할 수 있는 최고의 소통 수단이다. 그런데도 그 언어는 작품 속의 청자나 독자에게는 제대로 기능을 수행하지 못한다. 그런 언어를 해석하고 설명해 줄 메타언어가 절실한데, 문제는 이것이 부족하다는 데 있다. 그렇지만 그 언어는 명백한 공허감과 극단적인 가소성에도 불구하고 어느 골퍼가 무심코 내뱉는 두 음절 말이 Benjy에게 엄청난 고뇌와 슬픔을 안겨주는 것과 마찬가지로 가공할 위력을 발휘하는 것이다. 현재 시점에서 골퍼들의 공치기로 시작한 Benjy의 독백은 과거 어린 시절에 Caddy와 함께 잠을 잔 것에 대한 회상으로 끝난다.

Father went to the door and looked at us again. Then the dark came back, and he stood black in the door, and then the door turned black again. Caddy held me and I could hear us all, and the darkness, and something I could smell. And then I could

---

4) 작가 Faulkner는 "caddie"와 "Caddy"란 말을 가지고 고의적인 말장난(punning)을 하고 있다. 이 동음이의어가 Benjy에게는 무척이나 혼란스럽다.

see the windows, where the trees were buzzing. Then the dark
began to go in smooth, bright shapes, like it always does, even
when Caddy says that I have been asleep.(92)

위 장면에서 Benjy가 쳐다보고 느끼는 어둠의 형상은
"smooth, bright shapes"이다. 어둠은 Caddy와 관련하여 중요한
상징성을 띤다. Benjy는 마치 나무 냄새나 누이 Caddy의 냄새를
맡는 것처럼 어둠의 냄새를 맡는다. 결과적으로 이 마지막 독백
에서 Benjy는 그간 Caddy의 상실로 인해 자기중심에 생긴 틈새
와 구멍을 메우고 보충하기 위한 시도로서 부드럽고 밝은 회상
들을 골퍼가 공을 쳐 올리듯이 떠올리는 것이다.

　Benjy 장은 전체에 걸쳐서 우리를 감각의 세계로 이끌어 간다.
Benjy의 심리는 이차원적이어서 그는 오직 자신의 감각 기능에
직접 와 닿는 것에만 반응을 보인다. 그의 표현은 어쩌면 지나칠
정도로 객관적이고 직선적이다. 그는 자기 주변의 인물이나 행동
들에 대한 해석자가 아니라 거울이다. 기계적으로 반영한다는 의
미에서 필경 "the role of the camera and the recorder"(Mel
lard 60)를 수행하는 것이다. 그는 구체적으로 "the rain on the
roof" 대신에 단지 "*the roof*"(69)의 소리를 듣는다. 또한 위에서
언급한 것처럼 어둠을 시각이 아니라 후각으로 확인하여 진하게
그 실체를 느낀다. 그런가 하면 때때로 그는 감각에 수반되는 동
작을 묘사하기도 한다. 한 예로 난로 불에 손을 데었을 때, 아프
다거나 뜨겁다는 표현 대신에 손을 홱 잡아채서 입 속에 넣었다
고 독백한다.

Benjy는 자신의 자아와 개별적인 언어들 사이의 장벽을 허물어 버리고, 그 사이에서 진정한 관계를 이루고 참된 표현을 얻고자 한다. 사실상 이것은 백치의 특성이라 할 자기 주관의 소통 불능 상태를 가리킨다. 그러니까 Faulkner는 Benjy를 통해서 자폐성의 고통을 상징적으로 포착하고 있는 것이다. 백치의 또 다른 특징은 시간의 이동을 모르는 것이다. Benjy가 현재 사건 속에서 변화하지 않는 과거의 모습을 인식하려드는 것은 바로 이 때문이다. 이런 의미에서 John W. Hunt가 "One can say Benjy is completely time-bound and yet free of time altogether"(38)라고 Benjy에 대해 가하는 역설적 논평은 매우 타당한 것이다. Benjy는 시간이란 개념조차 모르기 때문에 시간에 따라 달라진 사건들의 차이를 구분하지 못한다. Faulkner가 시간의 변화를 나타내기 위해 사용하는 기법은 엄밀히 따지고 보면 Benjy의 의식이 아니라, 독자의 체험에나 적용될 수 있는 것이다. 실제로 독자들은 "*I could hear the clock, and I could hear Caddy standing behind me*"(69)나, "I could still hear the clock between my voice"(72)와 같은 Benjy의 의식을 통해서 시간의 존재를 끊임없이 인식하게 된다.

독자들은 과거와 현재를 마구 넘나드는 복잡한 시간 속에서 비로소 시간을 피할 수 없는 하나의 가혹한 현실로 받아들일 수 있게 된다. 다음은 Benjy가 책가방을 들고 하교하는 여학생들을 열린 대문 앞에서 지켜보는 장면인데, 이것은 독자에게 Benjy가 학교에서 돌아오는 Caddy를 만나는 장면을 연상시켜 준다.

It was open when I touched it, and I held to it in the twilight.
I wasn't crying, and I tried to stop, watching the girls coming
along in the twilight. I wasn't crying.

"There he is."

They stopped.

"He can't get out. He won't hurt anybody, anyway. Come on."

"I'm scared to. I'm scared. I'm going to cross the street."

"He can't get out."

I wasn't crying.

"Don't be a 'fraid cat. Come on."

They came on in the twilight. I wasn't crying, and I held to
the gate. They came slow.

"I'm scared."

"He won't hurt you. I pass here every day. He just runs along
the fence."(63-64)

Benjy가 스스로 주장하는 감각적 혼동은 따지고 보면 그의
〈말 못함〉(inarticulatedness or unspokeness) 때문에 생겨나는 것
이다. 그가 거세당한 것도 결국에는 이 말 못 함 때문이었다. 그
가 뭔가를 상대방에게 표현하려고 할 때는 언제나 "trying to
say" 하는 것으로 끝나고 만다.5) Benjy가 애절하게 Caddy만을
찾으려 하는 것도 사실은 그녀만이 유일하게 그를 담화의 영역
속으로 밀어 넣어주기 때문이다. 어릴 적에 Caddy는 Benjy를 위
한 언어를 창조하려고 부단히 노력했다. 이런 의미에서 Caddy는

---

5) 비평가 Bleikasten은 Benjy 장, 그리고 더 나아가서는 이 소설 전체
　　를 가리켜서 "a trying to say"(*Most splendid failure* 83)라고까지
　　간주한다.

언어 창조와 전달을 주요 기능 중 하나로 갖고 있음이 분명하다.
위에 인용한 Benjy의 독백은 계속해서 다음과 같이 이어진다.

> They came on. I opened the gate and they stopped, turning. I was trying to say, and I caught her, trying to say, and she screamed and I was trying to say and trying and the bright shapes began to stop and I tried to get out. l tried to get it off of my face, but the bright shapes were going again. They were going up the hill to where it fell away and l tried to cry. But when l breathed in, I couldn't breathe out again to cry, and I tried to keep from falling off the hill and I fell off the hill into the bright, whirling shapes.(64)

Benjy가 칭얼대는 울음의 의미는 기본적으로 다의적이어서 무어라고 단정하기는 어렵다. 그가 칭얼대지 않고 말하려고 시도하는 것 또한 어떤 의미인지 결정하기가 쉽지 않다. 그러나 위 인용문에서 여러 번 반복되는 "trying to say"는 필경 소통을 간절히 바라는 소망의 긴박한 표현임에 틀림없다. 이 표현은 우리의 관심을 내레이터인 Benjy의 목소리가 갖는 이중적 특성으로 이끌어준다. 이것은 실로 명백하면서도 혼란스럽기 그지없는 역설적 논리이다. 말을 못 하는 Benjy는 사실상 울음으로만 자기를 표현한다. 그런데도 그의 독백 속에서는 말로써 표현되고 있다. 따라서 우리가 그의 독백을 이해하는 방법은 소설 속의 다른 인물들이 그의 말 못 하는 울음을 이해하는 방법과 관련된 것이라 할 수 있다. 실제로 그의 울음을 통해서 Luster는 그가 골퍼나

꽃을 보고 싶어 한다는 것을 안다. 그리고 Dilsey와 Caddy는 각각 그가 죽음의 냄새를 맡는다는 것과 향수 냄새를 싫어한다는 것을 안다. 심지어는 Jason까지도 그의 울음이 광장에서 마차가 기념비를 왼쪽으로 돌아가기 때문이라는 것을 안다. 그렇지만 다른 사람들이 파악하는 이런 내용들이 진정으로 Benjy가 의미하는 것과 부합하는가, 또는 Benjy 자신은 자기가 의미하는 것을 제대로 알고 있는가 하는 문제는 그의 독백을 통해서도 도무지 풀어낼 길이 없다. 위 인용문에서 분명히 확인할 수 있는 것은 Benjy의 울음이 칭얼댐 이상의 의미일 것이라는 암시일 뿐이다.

Benjy가 불러일으키는 동정심의 일부는 내레이터로서의 무능력에서 나온다. 왜냐하면 그는 자기가 원하거나 바라는 것조차 제대로 독자에게 전달해 주지 못하기 때문이다. 실상 Benjy에게 있어서 가장 크게 문제가 되는 것은 〈모른다〉는 것이다. 심지어는 Luster가 "He don't know what he want to do"(15)라고 불평할 정도로 그는 사고력을 전연 갖추지 못했다.[6] 그는 자기의

---

6) 이에 반해 Benjy는 질서파괴에 대해서는 비상한 직감을 갖고 있다. 특히 그의 죽음에 대한 예감은 놀라울 정도로 정확하며, 그것은 작품의 구조상 매우 중요한 모티프이다. 제2장에서 Quentin은 자신이 빠져 죽을 강물을 내려다보고 죽음을 생각하면서 "Benjy knew it when Damuddy died"(111)라고 독백한다. Quentin은 여기에서 자기 자신의 죽음까지도 Benjy가 필경 직감할 수 있을 것으로 확신하는 것이다. 또한 자기 죽음의 조짐을 어렴풋이 느끼고 있는 Roskus 조차도 Benjy가 사람에게 운명의 시간이 닥쳐오는 것을 알고 있다고 분명히 말한다.

"He know lot more than folks thinks." Roskus said. "He knowed they time was coming, like that pointer done. He could

감정을 말로써 표현하지 못한다. 게다가 아주 처음부터 기억할 수 있는 과거와 고통스런 현재를, 좀 더 구체적으로 말하면 기쁨과 슬픔, 사랑과 죽음을 구분하지 못한다. 그러므로 그의 지각들은 기본적으로 소설에서의 인식론적 문제를 제기한다. 백치가 말하는 이야기의 백치성이 이야기 자체에 있는가, 아니면 이야기를 말하는 데 있는가? Benjy의 내러티브 의식은 우리 독자들의 구성적 의식을 요구하는 에피소드들을 제공해 준다. 물론 이것들은 보이거나 보이지 않게 내부적으로 연결되었을지라도 외형적으로는 불연속적인 단편들이다. 그의 세계는 근본적으로 친밀성에 바탕을 둔 신뢰에 자리 잡고 있다. 그래서 그는 오래전부터 잘 알고 있는 친숙한 자극제들, 이를테면 누이 "Caddy"라는 이름, Caddy의 〈슬리퍼〉, 〈나무〉 냄새, 〈불꽃〉 등에만 직접 반응을 보인다. 단지 "Caddy"만 아니라 〈Caddy와 Benjy〉가 그의 지각적 삶의 중심에 있다. 그러니까 거울 속을 들여다보면서 자기의 모습을 비춰 보는 것이 아니라, Caddy의 환유물들인 슬리퍼, 불꽃, 쿠션 등에서 그녀의 모습을 발견한다. 그리고 그것들 위에서 자기만의 안정된 세계를 구축한다. Benjy는 대체할 수 있는 환유적 능력은 갖추고 있으나 환유적 가치, 다시 말해서 대체 행위의 이유는 전혀 알지 못한다. 그가 흑인들을 절대로 경멸하지 않는 것도 사실은 사회 속에서 흑인이 차지하는 환유적 가치를 모르기 때문이다. 그는 흑인들의 피부색을 유사한 색깔의 캄캄한 밤(night)이나 까만 흙과 연관시킬 수는 있다. 그러나 노예제도나

---

tell you when hisn coming, if he could talk. Or yours. Or mine."(37-38)

인종차별과 관련시키지는 못한다. James A. Snead는 Benjy가 겪는 이러한 혼란을 가리켜 Roman Jakobson이 고안한 용어인 "contiguity disorder"라고 부른다(22). 이것은 의미의 혼동과 함께 발화의 문법적 붕괴를 의미한다. 그러므로 독자가 Benjy를 좇아서 그의 의식을 추적해 가다 보면 필연적으로 그와 함께 어처구니없는 혼란 속에 빠져들게 마련이다.

사실상 Benjy의 독백은 내러티브 박진성의 법칙을 대단히 위반하고 있다. Benjy는 자신의 이해와는 상관없이 다른 사람들의 발화를 있는 그대로 모사한다. 그는 그것을 자기 언어 능력에 맞게 변형시키지도 않는다. 심지어 그는 아버지 Mr. Compson이 말한 "*Et ego in arcadia*"(45)와 같은 라틴어까지도 정확하게 인용한다. 그렇지만 Benjy의 독백은 실제로 백치가 말하는 이야기이기 때문에 엄밀히 말해서 불가능한 담화를 모방하는 것이다. 실제로 작가는 아무런 경고나 설명도 없이 독자를 육체적·정신적으로 말 못 하는 인물이 토로하는 언어 세계 속으로 몰아넣으려 한다. 독자의 혼란은 Benjy의 독백이 작품 서두에 나오기 때문에 초반부터 생겨나기 시작한다. 독자는 처음에는 말하는 "I"에, 그다음에는 말 못 하는 "Benjy"에 반응을 보이게 된다. 다시 말해서 작가는 독자를 직접 Benjy의 말 속에 몰입케 함으로써 내레이터의 퍼소우너7)(persona)를 설정하여 독자로 하여금 처음

---

7) 내레이터나 화자가 원만한 의사소통을 하기 위해 창조해 내는 가공적 인물로서, Ross는 이를 가리켜 "an 'other' who 'lives' in the voice, but who is never perfectly equivalent to the subjectivity of the speaker"(*Inexhaustible Voice* 171)라고 설명해 준다.

에는 문학적 관습에, 그리고 나중에는 그 관습의 위반에 반응하게 하는 것이다. 그리하여 마침내 독자가 Benjy의 실체를 완전히 깨달을 때쯤 되면, 그는 자기도 모르는 사이에 벌써 Benjy가 말하는 소리를 듣게 되는 것이다.

그럼에도 불구하고 Benjy 장에서 독자는 결코 Benjy가 될 수 없다. 다시 말해서 Benjy의 의식 속에 들어가 일체감을 느낄 수는 없는 것이다. 내면독백 소설에서 내레이터의 마음은 무대이다. 이때 내레이터의 목소리는 실제로 들리는 것이 아니다. 그것은 흔히 심리적 양상을 띤다. 그 심리적 목소리는 실제로 들려오는 것이 아니기에 읽기 과정에서 Stephen Ross가 주장하는 대로 항상 독자 편의 〈불신의 유예〉(suspension of disbelief)를 필요로 한다(*Inexhaustible Voice* 171).

독자에게 불신의 유예가 요구되는 가장 큰 이유는 무엇보다도 Benjy가 말을 못하는 백치라는 것이다. 그러니까 독자는 백치의 의식 속에 떠오르는 모든 생각과, 책에 표기된 모든 발화 사이의 거리를 객관화하려고 시도한다. 그러나 Benjy에게 인간의 기본 능력인 언어뿐만 아니라 두 개 이상의 관념을 결합하는 연상 능력도 결핍되어 있기 때문에, 해석하고 창조하려는 독자의 시도는 이내 좌절하고 만다. 그러기에 독자는 불가피하게 다른 형제의 의식을 필요로 하게 되는 것이다.

Benjy가 정상적인 시간의 원인과 결과를 모르는 데 반해서 Quentin은 시간에 대해 강박적으로 집착한다. 그는 자기 자신을 진정 무너져 가는 기존의 도덕률과 명예의 수호자로 자처한다.

그는 Benjy와는 달리 시간의 흐름과 그 흐름에 의해 순수한 질서가 파괴된 사실을 아주 잘 알고 있다. 그리하여 시간은 Quentin 자신의 윤리적 범주 안에서 가장 큰 적으로 부각된다. 그런데 문제는 시간에 대한 그의 반항이 아이러니컬하게도 바로 그 시간 안에서 일어나고 있다는 것이다.

Compson 집안 세 형제 중에서 Quentin이야말로 정의하기가 가장 복잡하고도 재미있는 연구 대상이다. 그의 역할을 단순한 내레이터의 역할로만 보면 잘못이다. 그는 *As I Lay Dying*의 Darl Bundren처럼 말할 것도 풍부하다. 왜냐하면 다른 누구보다도 더 많은 것을 보고 생각하고 느끼기 때문이다. 그렇지만 그는 Francois Pitavy가 주장하는 것처럼 "the alter ego or the spokesman of his creator"가 아니라, 단지 "a privileged narrator"("Poet's Eye" 82)일 따름이다.

세 형제 중 목소리들에 의해 가장 강박적으로 사로잡힌 사람은 Quentin이다. 아주 많은 목소리들이 그의 의식을 지배하기 때문에 그의 내러티브는 입으로 소리를 내는 구체적인 목소리에서부터 무의식의 목소리에 이르기까지 다양한 목소리들로 이루어진다. 특히 그가 자살하는 마지막 날에는 여러 다른 사람들의 목소리들이 그의 상상력을 자극하며 의식을 지배한다. 그는 이 목소리들을 오직 듣기만 할 뿐 실제 행동으로 그것에 대처하지 못한다. Quentin의 비극은 어쩌면 그의 심리 주변을 맴도는 신비한 목소리들을 차단할 수 없다는 것이다. 이 목소리의 주인공들 가운데 Mr. Compson은 오직 하나의 목소리로서만 나타난다. 그는 아들의 기억 속에서 행동이나 제스처나 신체적인 모습 같은 어떤 다른 방법으로 묘사

되는 적이 없다. 제2장은 Quentin 자신이 아버지 Mr. Compson과 주고받은 말로 시작하고 끝난다. 여기에서 Quentin이 궁극적으로 관심을 갖는 대상은 Caddy이지만, 그의 생각은 주로 아버지에게로 향한다. 그래서 "Father said"라는 문구가 그의 생각을 통하여 마치 후렴처럼 되풀이된다. 이것은 바로 Mr. Compson이 Quentin에게 있어서 "Father Time"의 화신이자, 자신이 대항해서 기필코 물리쳐야 할 장본인이기 때문이다. 이에 두 사람의 싸움은 제2장 전체에 걸쳐 시종일관 계속된다.

　Mr. Compson은 조소와 풍자로써 아들의 모든 희망을 파괴해 버린다. 인간의 패배주의적인 태도가 Mr. Compson에 의해 반복해서 되풀이된다. Quentin이 마지막 날 아침에 눈을 뜨자마자 맨 처음 떠올리는 생각은 아버지의 지론인 시간에 얽매인 패배주의다. 이 생각은 할아버지의 유품인 시계 소리에 의해 아주 자연스럽게 상기된다.

　　When the shadow of the sash appeared on the curtains it was between seven and eight o'clock and then I was in time again, hearing the watch. It was Grandfather's and when Father gave it to me he said, Quentin, I give you the mausoleum of all hope and desire; it's rather excrutiating-ly apt that you will use it to gain the reducto absurdum of all human experience which can fit your individual needs no better than it fitted his or his father's. I give it to you not that you may remember time, but that you might forget it now and then for a moment and not spend all your breath trying to conquer it. Because no battle is ever won he said. They are not even fought. The field only reveals to man his own folly and despair, and victory is an illusion of philosophers and fools.(93)

Mr. Compson의 목소리는 인간 존재의 무익성을 선포한다. 그에 따르면 시간이야말로 "the mausoleum of all hope and desire"이다. 인생이 시간의 흐름을 통해서 성숙하고 번영하는 것이 아니라, 시간이 흐름에 따라 패배의식만 더욱더 쌓여갈 뿐이다. 그리하여 시간은, 지금까지 존재한 모든 인간들의 실패와 어리석음의 기록을 역사라는 이름으로 후손들에게 넘겨주는 산 증거일 따름이다. Quentin이 할아버지의 유물인 시계를 파괴하려는 것도 바로 이 때문이다. 근본적으로 인간의 모든 불행은 인간이 시간 속에 속박된 존재일 수밖에 없다는 데에서 기인한다.

Quentin의 시간과의 싸움이야말로 생사를 건 처절한 투쟁이다. 이 싸움이 점점 더 치열하게 벌어질수록 불리한 것은 오히려 Quentin 쪽이다. 그래서 그는 의도적으로 시계 바늘을 뽑아버림으로써 싸움을 끝내려고 시도한다. 그러나 부서진 시계는 호주머니 속에서 여전히 시간의 건재함을 과시한다. 그런가 하면 정오가 되자 시계 대신에 Quentin 자신의 위장과 두뇌가 점심시간임을 알려 준다. 이처럼 그는 시간 앞에 굴복하고 언제까지나 시간의 노예로 머물기를 숙명적으로 강요당하는 것이다.

Quentin의 시간과의 싸움은 사실상 아버지 Mr. Compson의 패배주의에 대항한 것이다. 이 패배주의 안에서는 인간의 경험이 한낱 부질없는 것이 되고 만다. 왜냐하면 현세에 궁극적인 의미

를 갖는 것은 아무것도 없기 때문이다. 물론 여성의 순결도 예외
는 아니다. Mr. Compson은 Quentin이 Caddy의 순결 상실을 받
아들이는 방법을 찾고자 필사적으로 노력할 때 이 점을 분명히
해 준다.

> He said it was men invented virginity not women. Father said
> it's like death: only a state in which the others are left and I
> said, But to believe it doesn't matter and he said, That's what's
> so sad about anything: not only virginity, and I said, Why
> couldn't it have been me and not her who is unvirgin and he
> said, That's why that's sad too: nothing is even worth the
> changing of it.(96)

결과적으로 Mr. Compson의 패배주의는 Quentin에게 오직 좌
절과 절망만을 안겨 준다. 그러기에 Quentin은 죄악 속에서도,
미덕 속에서도 아무런 의미를 발견하지 못하게 된다. 결과적으로
Quentin은 인간의 타고난 비극에 대한 Mr. Compson의 주장을
떠올리게 된다. 그 핵심은 인간이 다름 아닌 "the sum of his
misfortunes"(129)라는 것이다.

Mr. Compson이 가르치는 인생철학은 그야말로 안티휴머니즘
이다. 그의 생각 속에서 구원이나 희망의 가능성은 도무지 찾아
볼 수 없다. 그에게 있어서 인간은 이성과 영혼을 지닌 만물의
영장이기는 고사하고 "dolls stuffed with sawdust"(218)에 지나
지 않는다. 이러한 인간의 비참한 숙명을 외치는 아버지의 목소
리는 단순한 목소리에 그치지 않는다. 그의 절망적인 외침은 한

시도 중단되지 않는다. 거기에는 일말의 희망적 틈새도 허용되지 않을 뿐만 아니라, 대안에 대한 어떤 암시도 제공되지 않는다. 오직 무희망의 표현만이 강렬하게 도사리고 있을 따름이다. 그러니 Quentin으로서는 아버지의 확신에 찬 목소리를 물리치기에는 도저히 역부족이다. 그가 아버지의 허무주의적 인생관의 비극적 결과와 그 영향을 피하지 못하는 것은 어쩌면 당연한 일인지도 모른다. 결과적으로 Quentin은 시간과의 싸움으로 시작된 삶의 철학을 향한 부단한 투쟁에서 무참히 패배하고 자살의 당위성을 더욱더 확신하기에 이른다.

결국에 Quentin은 "i was afraid to i was afraid"(220)라고 패배자의 고뇌에 찬 한숨을 몰아쉰다. 마침내 "i temporary"(221) 의식에 도달한 Quentin이 내리는 마지막 결론은 "temporary …… was the saddest word of all"(221-22)이다. 이처럼 그의 마지막 독백에서 'I'가 'i'로 전락한 것은 그의 "fatal lack of identity"(Wittenberg 18)를 상징적으로 보여주기 위한 것이다. 여기서는 통사론의 붕괴가 완벽하게 엿보인다. 남아있는 것이라고는 혼란스런 언어 군이다. 언어는 되는 대로의 파편으로 부서지고 만다. 말하는 주체까지도 오랜 침묵 속에 잠기고 만다. 이 지점에서 *The Sound and the Fury*는 Roland Barthes가 말하는 〈읽는〉(readerly) 텍스트에서부터 〈쓰는〉(writerly) 텍스트, 즉 "a galaxy of signifiers, not a structure of signifieds"(*S/Z* 5)로 미끄러져 나간다. 그래서 우리는 Quentin의 의식과 언어 사이에 일어나는 역류 현상을 분명히 확인할 수 있게 된다. Quentin의 언어가 기존의 어떤 의미를 결합해 내는 대신에, 그 언어 자체가 생성적으로 이어져 가면서 혼란스런 의식의 세계를 창조해 나가는 것이다.

Quentin의 혼란스런 언어를 통한 내러티브의 창조 행위는 이상적인 어린 시절의 완전한 재현으로 이어진다. 그러나 Quentin은 그러한 재현이 시간의 영역인 현실 세계 속에서는 결코 가능하지 않다는 것을 알게 된다. 따라서 그가 과거를 회복할 수 있는 유일한 방도는 시간을 멈추는 길밖에는 없는 것이다. 그것은 다름 아닌 죽음이다. 물론 그가 죽음에 이르는 자살이라는 결론을 얻게 되기까지는 자기 나름대로 매우 힘들고 고통스런 여정을 겪어온 게 사실이다.

한때는 아버지에게 Caddy와 근친상간을 범했다고 거짓말을 하면서까지 Caddy와의 관계를 이상적 차원으로 승화시키려 한 적도 있다. 설령 근친상간이라는 속세의 죄가 문제라고 한다면 지옥불조차도 그에게는 두렵지 않은 것이다.

> Because if it were just to hell; if that were all of it. Finished. If things just finished themselves. Nobody else there but her and me. If we could just have done something so dreadful that they would have fled hell except us. *I have committed incest I said Father it was I it was not Dalton Ames.*(97-98)

위 인용문에서 "something so dreadful"은 얼마 안 가서 〈근친상간〉이라는 환상으로 구체화된다. 그가 환상 속에서건 현실 속에서건 간에 아버지에게 근친상간을 범했다고 고백할 때, 그는 그것을 말로써 형상화함으로써 실제적인 것으로 만들려고 노력한다. Mr. Compson은 Quentin이 행동을 말로써 대치하려는 목표를 "to sublimate a piece of natural human folly into a horror and then exorcise it with truth"(220)라고 설명한다. 바로 이 목적을 위해 그가 근친상간이라는 허구적인 말을 구상해 왔다는 것이다. 그렇다면 그의 근친상간이라는 가상도 따지고 보면 파괴보다는 보존이라는 아이러닉한 시도로부터 나온 셈이다. Caddy의 순결 상실에 어떤 방법으로도 영향을 미치지 못하자 그는 실제 사실을 자기가 작동할 수 있는 언어라는 매개체로 승화시키고 싶어 한 것이다. Quentin은 실제로 Caddy를 정탐하는 외에도 그녀로 하여금 남자관계를 고백하게 하려고 안간힘을 쓴다. 아마도 섹스 행위를 말로 옮기기만 하면 왠지 이해할 수 있을 것 같아서이다. 행위를 말이라는 현상 안에 집어넣음으로써 사실적인 것으로 만들려는 것이다. 그는 언어 위에 작용하는 진리의 힘이 아니라 목소리를 통한 강한 인식을 원한다. 그렇게 함으로써 행위를 말로 대치하려는 것이다. 한마디로 그에게는 말이 곧 행동인 것이다. 그렇다면 따지고 보면 Quentin이 원하는 것은 단순한 언어의 구사와 통제력에 지나지 않는다. 이 엄청난 언어의 위력 속에서는 Caddy의 방종도 허구적인 말로 바뀌어서 언어적 진리 속으로 사라져버릴 수 있는 것이다.

Quentin이 아버지에게 큰소리로 근친상간에 대해 말한 것이 아니라 상상 속에서 그 주제에 대한 대화를 가정해 본 것이라면,8) 그는 실제로 자기 목소리와 감정을 아버지에게 전달되도록

---

8) Faulkner 자신도 Virginia 대학교 강연석상에서 Quentin의 근친상간 고백이 실제가 아니라 다만 그가 그런 극적 행동을 바란 것뿐이라고 밝힌 바 있다.

할 만한 용기를 갖고 있지 못한 것이다. 지옥불의 시련이라도 마다하지 않고 기꺼이 감수하고 싶어 하는 Quentin의 심정에서 우리는 그의 괴롭고 쓰라린 고뇌를 역력히 읽을 수 있다. 결국 Mr. Compson이 아들의 근친상간 고백을 믿으려 하지 않기 때문에 그의 지옥불 갈망은 일종의 환상으로 끝나게 되고, 그 자신은 더욱더 비참한 절망감에 빠져들게 된다. 따라서 그에게 남은 유일한 선택은 자살뿐이다. 오직 죽음을 통해서만 그는 말없이 행동할 수 있고, 죽음 속에서만 영원한 침묵을 추구할 수 있는 것이다.

Quentin은 생의 마지막 날 아침 일찍부터 Jesus가 모든 희망과 욕망의 무덤인 시간의 긴 터널을 따라 걸어가는 모습을 떠올린다. Jesus는 이내 그에게 Saint Francis를 연상시킨다. Saint Francis는 죽음을 "Little Sister"라고 부른 장본인이다. 그러나 Jesus와 Saint Francis에게는 누이가 없지만 Quentin에게는 Caddy라는 누이가 있다. 그러기에 그의 죽음을 향한 내적 투쟁이 결정적으로 더욱더 강렬한 비극적 강도를 갖는지도 모른다. 시간으로부터 탈출하려는 Quentin의 엑소더스는 결국 죽음으로 끝날 수밖에 없다. 홍해를 갈라 유대 민족을 구원했던 신의 기적 대신에 그의 엑소더스는 Charles 강에서의 실제적 죽음과 함께, 시간이 곧 "the reducto absurdum of all human experience"(93)라는 무서운 진리를 비참하게 확인할 따름이다.

항상 시계의 초침 소리 한가운데서 전개되는 Quentin의 인생은 Macbeth의 허무주의적인 명제를 그대로 반영해 준다. 오로지 죽음만이 그에게는 Macbeth에게처럼 이 공허한 존재의 "Sound and Fury signifying nothing"(*Macbeth* 5막 5장)을 종식시켜 줄 뿐이다. Quentin은 실제로 자살을 감행하기 이전에 시간의 파괴성을 통해 내면의 죽음을 체험한다. 그래서 그는 마지막으로 자살하기 위해 Charles 강으로 향하기 직전에 벌써 존재의 분열을 강렬하게 느낀다.

> A quarter-hour yet. And then I'll not be. The peacefullest words. Peacefullest words. *Non fui. Sum. fui. Nom sum.* Somewhere I heard bells once. Mississippi or Massachusetts. I was. I am not.(216)

위에서 언급한 것처럼 Quentin에게 "temporary"가 "saddest word"라고 한다면 "not be"야말로 "peacefullest words"(216)이다. 그는 한순간도 멈추지 않는 시계에 의한 패배와 그에 따른 죽음을 이미 체험한 상태다. 그리고 Charles 강 다리 위에 가서는 사신의 죽음을 미리 확인까지 했다. 그는 과거 한순간 잠시 존재했지만 지금은 존재하지 않는다. 그리고 앞으로도 존재하지 않을 것이다. 그러므로 그가 마지막으로 해야 할 일은 실제로 강물에 빠짐으로써 이미 죽은 죽음을 육체적으로 확인하는 것뿐이다. 결국에 자살로서만 목소리들로 가득한 소란한 세계로부터 벗어날 수 있는 것이다.

Quentin의 경험이란 결국 실제 삶의 추상화에 지나지 않는다. 이는 마치 말이 실제 사물의 추상화인 것과 마찬가지이다. 따라서 그의 의식은 상상에 의해 조절된다. Benjy의 의식처럼 그것은 주로 회상적이다. 그의 병적인 지성은 사실상 Benjy의 기억 재구성과 비

숫하다. 그 두 사람은 하루 온종일 Caddy를 동경하면서 보낸다. 그
리고 그녀의 삶을 자신들의 차원 속으로 끌어들여 재구성하려고
시도한다. 이런 의미에서 비평가 Arthur Kinney는 이 두 사람을
가리켜 "true doubles, brothers in the Dostoyevskian sense"(143)
라고 부르고 있다. 그들은 똑같이 현실적인 세계에 살지 않는다. 그
들에게 있어서 실제 세계란 전적으로 주관적이고 내면적인 기억과
목소리로 구성되어 있다. 외부 세계는 회상된 과거의 지나간 결론
들을 일깨우고 확인시켜 주는 자극들로 구성되어 있다. 이러한 지
각과 개념의 사실성으로 인해 Benji의 경우에는 백치임을 선언하
고, Quntin의 경우에는 자살로 나아간다. 그리하여 제3의 형제
Jason의 도입이 불가피해진다.

Benjy와 Quentin의 의식을 포함한 세 개의 독백 가운데 Jason의
독백이 가장 전통적이고 공적인 서술에 가깝다. Jason이 사용하는
어휘는 구어체 담화의 리듬을 갖고 있다. 주제와 논리의 전개에서
는 이따금씩 약간의 탈선만 엿보이고, 문법·어순·용법에서도 조
그만 변화가 눈에 띌 따름이다. 이탤릭체도 없고, 구두점이나 대문
자는 더없이 정확해서 Faulkner다운 내면독백의 흔적을 찾아보기
어렵다. 마치 작가 Faulkner는 우리에게 Jason이 자기 이야기를,
그것도 독자를 가리키는 청자에게 직접 해 주고 있다는 인상을 심
어 준다. 그리하여 Jason의 목소리는 앞에서의 극도로 혼란스런 목
소리들에 뒤이어 가장 성공적으로 전달되는 내러티브 목소리가 된
다. Faulkner 자신이 *The Sound and the Fury*의 "Appendix"에서
Jason을 가리켜 "the first sane Compson"(*Portable Faulkner* 750)

이라고 부르는 것도 사실은 이런 이유에서이다.

Jason은 다른 형제들과는 달리 현실 세계에 보다 능동적으로 대처하려고 노력하는 행동주의자이다. 그는 다른 누구보다도 사회가 부여하는 가치체계를 잘 아는 것 같다. 그런데 아이러니컬하게도 그는 자기가 속한 어떤 교환체계도 조절하지 못하고 재정상의 손해를 입는 것은 물론이고 사회적 거래에서 실패를 거듭한다. 그의 삶은 근본적으로 어머니 Mrs. Compson의 영향을 받은 것이다. 그는 병약하고 신경질적인 어머니에게 자식들 가운데 희망의 마지막 보루였다. 어머니는 일찍이 Jason만을 유일하게 자기 혈통, 즉 Bascomb 가문에 속한다고 여겼다.[9] 그의 성격상의 왜곡도 따지고 보면 이러한 어머니의 편애에서 비롯된 것이다. Jason 장에서 그가 말하거나 생각하는 것 대부분은 어머니를 향하고 있다. 그러니까 그의 진술 가운데 많은 것들은 자세히 검토해 보면 그가 어머니에게 말한 것이거나 말하고 싶은 것이라는 사실이 판명난다. 그의 첫 번째 독백도 예외는 아니다.

> Once a bitch always a bitch, what I say. I says you're lucky if her playing out of school is all that worries you. I says she ought to be down there in that kitchen right now, instead of up there in her room, gobbing paint on her face and waiting for six niggers that can't even stand up out of a chair unless they've got a pan full of bread and meat to balance them, to fix breakfast for her. And Mother says,

---

9) 비평가 Ross는 Quentin을 아버지의 아들이라고 한다면, Jason은 필경 어머니 아들이라고 아주 적절하게 지적한다(*Inexhaustible Voice* 177).

"But to have the school authorities think that I have no control over her, that I can't-"

"Well," I says, "You can't, can you? You never have tried to do anything with her," I says, "How do you expect to begin this late, when she's seventeen years old?"

She thought about that for a while.(223)

이 인용문은 Jason 자신이 Caddy의 딸 Quentin의 교육 문제를 놓고 어머니와 나눈 대화 내용을 독백 형식으로 보고한 것이다. Jason이 하는 첫마디 말, "Once a bitch always a bitch"는 실상 이 장 전체에 걸친 명제라 할 수 있다. Jason은 다른 무엇보다도 이 명제의 진실을 어머니에게 확인시키고 싶은 것이다.

위 장면에서 짐작할 수 있는 것처럼 Jason은 앞의 두 형제와는 달리 생각 대신에 입으로 토로하는 말의 특징을 보여 준다. 그래서 "I says"라는 말이 거의 모든 그의 독백을 이끈다. 이 문구는 Quentin 장의 "Father said"와는 대조적으로 지나치게 자신에 차 있어서 심지어는 자기의 생각까지도 자기 정당화의 방식으로 이끌어간다. 그러나 그가 입버릇처럼 말하는 "I"는 따지고 보면 공허하기 그지없다. Snead는 Jason의 대명사 "I"의 허세적인 실체를 다음과 같이 요약해 준다.

The first-person "I" in which he speaks is the most unfixed pronoun of all; in the "I," anyone and everyone finds their identity. His world rests on the valorized "I," but there is nothing behind the "I."(33)

Jason은 따지고 보면 허상에 지나지 않는 "I"에 지나치게 강박
적으로 집착하려 든다. 그는 3인칭 서술에서조차 항상 1인칭이
되고 싶어 할 것 같은 느낌이 들 정도로 자기의 "I"를 특권 받은
실체로 간주하려 한다. 결과적으로 그는 삼 형제 가운데 가장 공
격적이고 자기중심적이다.

"I says"란 말의 현재형이 명백히 나타내 주듯이 Jason은 언제
나 현재에만 집착하고자 한다. 그는 과거를 의미 있게 생각하지
않을 뿐만 아니라 오히려 경멸하기까지 한다. 과거에의 강박관념
으로 자기의 독백을 결코 중단하는 일도 없다.[10] 과거의 오래된
가문·전통·영광 등은 그의 중요한 증오 대상이다. 그러다 보니
오래지 않아 과거로 변해 버릴 현재를 포함하여 모든 게 그의
언어세계에서는 설 자리가 없는 추상들에 지나지 않는다. 그가
현재 속에 있다가 과거에 대한 회상 속으로 빠져들게 되면 그의
독백은 내러티브 통제력을 상실하고 만다. 그가 과거 속에 깊이
들어가면 갈수록 그의 내면 의식은 점점 더 빠르게 움직인다. 이
에 따라 그의 독백을 표현하는 문장 또한 점점 더 길어지고 복
잡하게 바뀐다.

---

10) Jason 장에서는 과거로부터 나오는 오직 두 개의 장면만이 중요한 역
　할을 수행한다. 하나는 Caddy의 어린 사생아 Quentin이 Compson 집
　안에서 양육받기 위해 들어오는 것이고, 다른 하나는 아버지의 죽음
　과 장례식이다. 전자는 Jason에게 개인적인 손실뿐만 아니라 처량하
　게도 자기에게 추가로 부가된 책임감을 떠올려 준다. 그러나 실제상
　에 있어서 Jason은 이 일로 인해 재정적으로 횡재를 하게 된다. 한편,
　후자는 Jason으로 하여금 파멸한 가정과 많은 흑인들에 대한 제일의
　친권자가 되게 만들었다고 상기시키지만, 사실은 그에게 아무런 도전
　도 받지 않는 확고한 세력을 안겨준 사건인 것이다.

I went on to the street, but they were out of sight. And there I was, without any hat, looking like I was crazy too. Like a man would naturally think, one of them is crazy and another one drowned himself and the other one was turned out into the street by her husband, what's the reason the rest of them are not crazy too. All the time I could see them watching me like a hawk, waiting for a chance to say Well I'm not surprised I expected it all the time the whole family's crazy. Selling land to send him to Harvard and paying taxes to support a state University all the time that I never saw except twice at a baseball game and not letting her daughter's name be spoken on the place until Father wouldn't even come downtown any more but just sat there all day with the decanter I could see the bottom of his nightshirt and his bare legs and hear the decanter clinking …… because with Mother's health and the position I try to uphold to have her with no more respect for what I try to do for her than to make her name and my name and my Mother's name a byword in the town.(290-91)

위 인용문은 통제된 내러티브 진술로 시작하다가 고도로 격앙된 과거 회상으로 이어진다. Jason의 모든 회상은 다른 사람들, 특히 Quentin과 아버지, 그리고 Uncle Maury에 대한 불평으로 시작해서 점차로 속도를 더해 간다. 이때부터 그는 자신의 공적 서술에 대한 통제력을 상실하고 주관적인 연상 속으로 깊이 빠져든다.

Quentin에게 있어서 〈시간〉과 〈누이〉라는 말이 핵심어였다고 한다면, Jason에게는 〈돈〉이란 말이 그러할 것이다. 그에게는 돈

이 섹스의 대용품이기도 하다.[11] 그의 독백은 주로 사업 관계, 특히 Caddy와 그녀의 딸 Quentin이라는 두 여성을 이용하고 목화 투기로 돈을 벌려는 헛된 노력에 집중되어 있다. 그래서 Faulkner 평자들 대부분은 그를 악의 화신으로 간주한다.[12] 비평가 Donald M. Kartiganer는 Jason이 스스로 만들어 놓은 십자가에 제 스스로 못 박히는 "concept of self-victimization"(630)을 살아가는 인물임을 지적함으로써 도덕적 타락의 상징임을 강조한다. 그런가 하면 William N. Claxon, Jr.는 Jason을 Shakespeare의 King Richard Ⅲ와 같은 부류의 "malevolent monarch"(21)로 본다.

Faulkner는 Jason 장을 구성하는 데 있어서 독자에게 어떤 도피처도 제공하지 않으려고 유독 신경을 쓴다. 그러니까 의도적으로 이야기의 화자와 청자의 관계를 조작하면서까지 독자를 지나치게 일방적인 대화 속으로 끌어들이려 한다. 독자는 자연히 "Jason's need for a sympathetic audience for his subjective creation of a verbal world"(Hedeen 636)에 의해 갇히고 만다. 그리고 나면 Jason의 의식은 그가 Jefferson과 자기의 집을 굴욕의 원천으로 보고 있음을 독자에게 알려 준다. 그의 복잡하지만 텅 빈 하루의 사건들이 아무리 철저하고 고통스럽게 그의 의식을, 다시 말해서 그의 내적 자아를 비춰준다 하더라도 독자는 그

---

11) Jason의 유일한 섹스 행위는 Lorraine으로부터 돈으로 매수한 것이다.

12) 대개의 Faulkner 평자들이 Jason을 도덕적 타락의 상징으로 보는 데 반해서, Linda Wagner는 그를 환경의 희생자로 보고, 가족에 대한 임무를 다하려는 그의 노력을 가리켜 "a kind of love, a kind of honor"(575)라고까지 간주한다.

의 장 끝에 가서까지도 과연 그의 타락이 그 자신의 성품의 결과인지, 아니면 그의 성품이 가문 자체의 붕괴의 결과인지 확실히 알지 못한다.

　사실상 Faulkner는 삼 형제 각자에게 저자의 역할을, 다시 말해서 저자의 권위를 부과하려고 시도해 왔다. 그러나 오직 Jason만이 이 역할을 제대로 파악하는 듯하다. 그러기에 Jason은 자신의 목소리를 철저히 자기와 다른 사람들의 세계에 부과하고자 안간힘을 쓴다. Benjy는 오직 Caddy만 필요로 했다. 그리고 Quentin은 오직 과거만 필요로 했다. 이에 반해 Jason이 필요로 하는 것은 "public acknowledgment of his cleverness"(Reed 80)이다. 다시 말해서 자기 자신의 "self-pity, and blind rage"(Hedeen 634)에 대한 독자의 동의를 필요로 하는 것이다. 그래서 우리는 Austin Warren이 설명하는 대로 전문적인 이야기꾼으로서 이야기를 하는 "epic poet"(Wellek and Warren 212)인 Jason의 이야기하기를 듣도록 초청받는다. 결과적으로 독자는 Caddy와 그녀의 딸 Quentin과 마찬가지로 Jason에 의해 이용당하는 셈이다. 그러니까 Jason을 하루 종일 따라다닌 독자는 그가 강하게 필요로 하는 동의의 끄덕임을 Caddy와 그녀 딸에 대한 동정심 때문에 철회하고 싶어 한다. 그러다 보니 Jason의 Caddy에 대한 간접적인 내러티브 표현 또한 실패하지 않으면 안 된다. 그래서 작가는 또 다른 실험을 계속해 나갈 수밖에 없는 것이다.

　Faulkner는 확인적 시점에 대한 독자의 필요성을 인식했다. *The Sound and the Fury*의 마지막 장, "April 8, 1928"이 바로

이 시점에 해당한다. 명확하고도 단순한 서술로 이어지는 마지막 4장의 내러티브는 플래시백도 없고, 사건들은 일직선상에 있다. Faulkner는 드디어 제4장에서 전통적 목소리를 취함으로써 앞의 3장에서와는 다른 서술 방법을 시도한다. Cheryl Lester에 따르면 많은 독자들은 시점의 다양성으로 인해 *The Sound and the Fury*를 어느 한 시점에서 전체를 보기 어려움에도 불구하고 각 장의 시점이 하나의 통일된 전체라는 관점을 제공한다고 생각한다(143). 각 장이 나름대로 독립된 시점을 보여주기 때문에 각 장은 시점의 통일성을 이룬다고 성급하게 유추하는 것이다. 처음 세 장은 독백으로 던져졌기 때문에 독자들은 이 각각의 장을 서술의 주체인 의식과 쉽게 동일시한다. 그러나 내레이터와 의식을 일치시키려는 독자의 시도는 제4장에 와서 이내 좌절하게 되고 만다. 소설 속의 Compson 형제들과 같은 등장인물-내레이터들과는 달리 제4장의 그림자 같은 익명의 내레이터는 소설 밖의 어디엔가 시공 속을 떠돌기 때문이다.

작품 표면상에 부각되는 Compson 집 하녀 Dilsey는 그 집안의 비극을 처음부터 끝까지 목격해 왔다. 그런데도 그녀는 결코 내레이터가 아니다. 그렇다면 이 마지막 장의 서술은 누가 맡고 있는가? 실로 마지막 장의 내레이터에 관한 문제는 Faulkner 평자들 사이에서 오랫동안 중요한 쟁점이 되어 왔다. 비평가 Snead는 마지막 장의 내레이터에 관한 합의가 Faulkner 평자들 사이에서 이루어지지 않았다고 전제하고 나서 이에 관련된 비평 동향을 다음과 같이 종합한다.

Millgate says that Dilsey is the "immensely positive figure" who centers the last section; Kinney agrees that we see Dilsey "directly" here for the first time; Waggoner claims that the last section is "effectively hers[Dilsey's] even though told from the narrative point of view of [an] omniscient author." Matthews, hedging his bets, calls the last section "Faulkner's"; Reed claims that "Faulkner turns to the third person to finish the novel" with "absolute objectivity"; Slatoff agrees that the last section is "narrated from an omniscient and objective point of view."(35)

앞의 세 장에서 독백의 주인공들인 강박적 내레이터들에 비하면 제4장의 내레이터는 완전히 믿을만한 것 같다. 그럼에도 불구하고 그 목소리의 주인공이 과연 누구인가 하는 문제는 여전히 의문으로 남는다. 그 내레이터가 전지적 화자의 인위적 가면을 쓴 작가인지, 아니면 제4장의 주동인물이라 할 수 있는 3인칭 Dilsey인지 분명치 않다. 다만 명백한 것은 그 자신이 언어와 인종의 담을 뛰어넘기를 원하고 있고 우리 독자도 함께 그렇게 하라고 초대하는 자인 것이다. 그러므로 마지막 장의 일관된 시점이 전적으로 Dilsey의 것이나 Faulkner의 것이라고 단언할 수는 없을 것이다. 굳이 따진다고 하면 그 두 사람의 것, 바꾸어 말하면 "an integrated audience, and integrated narrative voice"(Snead 37)라고 말할 수 있을 것이다. 이런 이유에서 Margaret Blanchard는 이 내레이터를 가리켜 "a figure for an ideal or acutely perceptive reader"(555)라고 아주 적절하게 부르고 있다. 그럼에도 불구하고 이 내레이터 성격은 여전히 확연하게 드러나지 않는다. 이에 대부분의

Faulkner 평자들은 이 내레이터에 관해 "omniscient, neutral, objective, less subjective"(Lester 143)하다고 말하는 것이 고작이었다. 그러나 한 가지 확실한 것은 이 마지막 장이 Compson 집안에 대해 보다 더 유동적이고 복합적인 시점을 제공하기 위한 작가의 배려에서 나왔다는 점이다. 그것은 작가가 *The Sound and the Fury*의 최종적인 "source of verbal energy"(Hedeen 639)로서 Dilsey를 선택하는 것을 보면 잘 알 수 있다.

우리는 앞서 세 형제들의 의식을 통해 Dilsey의 모순적 이미지를 분명히 파악할 수 있었다. Benjy에게 있어서 그녀는 헌신적이고 사랑스러운 어머니였다. 그런가 하면 Quentin은 우리에게 그녀의 대체 어머니 상을 확인시켜 주었다. 이에 반해 Jason에게 있어서 그녀는 하등 무능력한데다가, Compson 집안에 기여하기보다는 시시콜콜 참견만 일삼는 늙은이에 지나지 않았다. 그리하여 마침내 제4장에 와서 작가는 우리로 하여금 직접 그녀의 모습을 바라보도록 배려한다.

> The gown fell gauntly from her shoulders ⋯⋯ She had been a big woman once but now her skeleton rose, draped loosely in unpadded skin that tightened again upon a paunch almost dropsical, as though muscle and tissue had been courage or fortitude which the days or the years had consumed until only the indomitable skeleton was left rising like a ruin or a landmark above the somnolent and impervious guts, and above that the collapsed face that gave the impression of the bones themselves being outside the flesh, lifted into the driving day with and expression at once

fatalistic and of a child's astonished disappointment, until she
turned and entered the house again and closed the door.(330-31)

Dilsey에 대한 묘사는 형식상으로는 단순한 3인칭 전지에 의해
이루어졌다. 그러나 위 장면은 내용상으로 독자가 직접 작품 속에
들어가 목격하고 판단한 결과이다. 따라서 그것은 Dilsey라는 한
개인이기보다는 작품 전체를 축소시켜 놓은 것이다. 그녀는 이미
우리가 앞의 3장에서 보아 온 세월에 의해 찌들대로 찌든 모습이
다. 그리하여 마침내 그녀는 죽음과 닮았거나 아니면 적어도 죽음
을 연상시킨다. 그녀는 Compson 형제들과 마찬가지로 결정론적인
표현에 대항하여 싸워 왔다. 그러나 그들과 달리 그녀는 싸움에서
끝내 패배하지 않았다. 그녀의 무기는 사랑과 희생과 인내였다. 그
리하여 마침내 그녀는 자신이 곧 "a complex system of ideas
personifying love and sacrifice, steady and enduring"(Hedeen
639)임을 우리에게 확신시켜 준다.

작가 Faulkner는 Dilsey를 Compson 형제들 가운데서도 특별히
Jason과 잘 대비시킨다. Jason은 돈을 갖고 달아난 질녀 Quentin
을 잡으려고 30마일을 자동차로 쫓아간다. 그는 이렇게 가장 멀리
까지 움직이고 다니지만 수확은 보잘 것 없을 정도로 적다. 이에
반해 Dilsey는 Benjy와 함께 걸어서 겨우 교회까지만 갔다 돌아
올 뿐이다. 그런데도 그녀는 Compson 가문의 비극을 뛰어넘어 영
원의 세계로 진입해 들어간다.

마지막 장에서 절정의 순간은 Dilsey가 Benjy를 데리고 흑인교
회에 가서 함께 예배에 참례하는 장면이다. 흑인목사 Shegog는

우리에게 언어와 인종차별주의로부터 탈출해 나오는 방법을 가
르쳐준다. 여기서 Shegog 목사의 설교는 다른 어느 곳에서도 찾
아보기 힘들 정도로 목소리의 존재와 힘이 더없이 아름답고 강
력하게 인식되는 것이었다.

> "Brethren and sisteren," it said again. The preacher removed
> his arm and he began to walk back and forth before the desk,
> his hands clasped behind him, a meagre figure, hunched over
> upon itself like that of one long immured in striving with the
> implacable earth, "I got the recollection and the blood of the
> Lamb!" He tramped steadily back and forth beneath the twisted
> paper and the Christmas bell, hunched, his hands clasped behind
> him. He was like a worn small rock whelmed by the successive
> waves of his voice. With this body he seemed to feed the voice
> that, succubus like, has fleshed its teeth in him. And the
> congregation seemed to watch with its own eyes while the voice
> consumed him, until he was nothing and they were nothing and
> there was not even a voice but instead their hearts were
> speaking to one another in chanting measures beyond the need
> for words.(367)

회중이 모두 숨을 죽인 채, 열변을 토하는 Shegog 목사를 응
시하면서 그의 설교에 귀를 기울인다. 어느새 설교하는 목소리가
목사 자신을 삼켜버린다. 마침내 언어의 필요성이 초월된 상태에
다다른 것이다. 그러자 목사 자신은 "a serene, tortured crucifix
that transcended its shabbiness and insignificance"(368)가 된다.

*The Sound and the Fury*가 전체적으로 절망적이고 염세적이라
해도 이 부활절 설교가 주는 긍정성만큼은 부정할 수 없다. 필경
Shegog 목사의 설교는 Dilsey를 이 소설의 "ethical center"
(Vickery 47-49)로 만들어 준다.

Dilsey 장의 언어는 *The Sound and the Fury*의 발단에서부터
오랫동안 힘들여 함께 투쟁해 온 독자의 관점을 제시한다. 마침
내 독자는 미로와 같이 혼란스럽게 진행되어온 행동들과 그것들
이 제시하는 테마를 처음으로 선명하게 파악하게 된다. 독자는
이제야 비로소 사건들을 이중적으로 바라볼 수 있게 되는 것이
다. 한편으로는 어두운 Compson 현실을 있는 그대로 인식하는가
하면, 다른 한편으로는 그 가족의 비극을 그야말로 보편적인 상
황으로 드높여 보는 것이다.

이런 의미에서 제4장은 심층구조 미학에서 표면구조 미학으로
독자를 끌어올리는 것이 사실이다. 그렇다면 그 이유는 무엇인
가? 여기에서의 3인칭 서술은 미학적 필요에 의한 것이다. 왜냐
하면 Caddy가 이 소설의 언어적 세계에서는 오직 Compson 형
제들의 욕구와 편견의 대상으로서만 존재하고 그 외의 다른 존
재를 갖지 못하기 때문이다. Caddy는 우리가 앞의 3장을 통해서
사실주의적 기대를 가지고 본다면 여전히 모호하고 환상적이고
불완전한 모습이다. 그러므로 그녀 존재의 성격은 소설 테마의
수준에서는 비극적인 사실이다. 우리는 오직 이것을 제4장의 표
면적 사건 구조 안에서 분명히 알게 된다. 그것은 바로 그녀가
거기에 존재하지 않기 때문이다. Hedeen은 마지막 장에서 작가
가 시도한 객관적 서술 방법의 불가피성을 앞의 3장에서 단순

기억에 불과했던 Caddy와 관련시켜 설명한다.

> She is mere memory, completely absent from Faulkner's
> meticulously constructed activity in the Compson household.
> That is, she is missing from the narrator's objective verbal
> world. She no longer has any vital presence in the novel,
> and her absence is both poignant and unredeemable. How
> else to express this than with the hard objectivity and
> finality of omniscient narration? (639)

제4장은 표면적으로는 독자가 모방적으로 그려볼 수 있도록 인물과 세팅을 공개적이고 사실적으로 설정한 것이다. 그렇지만 앞의 사건들을 더 이상 단순히 재기술하는 것은 아니다. 물론 전체의 요약도 아니고, 상징적 중심인 Caddy에 대한 더 이상의 통찰도 아니다. 책을 다 읽고 난 뒤 우리 머릿속에 남는 어떤 진리도 제공해 주지 않는다. 그러므로 이 마지막 장은 앞의 3장에 대한 메타픽션적 종합 이상으로 존재한다. 그렇다고 해서 이것이 "an avowal of failure"나 "an attempt to make palatable the truly innovative"(Hedeen 637)인 것은 결코 아니다. 다만 그 자체의 구제할 수 없을 정도로 비유적인, 그리고 그 자체의 미학적 책임을 가진 언어 세계일 따름이다.

*The Sound and the Fury*는 구성에 있어서 관념적 중심인 Caddy를 향한 Benjy · Quentin · Jason의 내면독백을 다룬 세 개

의 불완전한 초상과, 마지막으로 작가가 전지적 시점에서 흑인 하녀 Dilsey를 중심으로 그린 또 한 장의 사진으로 이루어진다. 그러나 강박관념에 사로잡힌 Compson 형제들의 모호한 초상 다음에 제시된 작가의 선명한 사진에도 불구하고 작품은 여전히 불투명한 채로 남는다. 이를 입증이라도 하는 듯이 *The Sound and the Fury*는 다른 작품들에 비해 종결감(a sense of ending)이 부족한 것 같다. 이 책의 끝은 시작과 마찬가지로 Benjy와 함께 끝난다. Jason의 도움으로 Benjy가 질서를 회복하는 마지막 장면은 일종의 상황 아이러니를 분명히 보여 준다.

> With a backhanded blow he[Jason] hurled Luster aside and caught the reins and sawed Queenie about and doubled the reins back and slashed her across the hip ······
>
> "Don't you know any better than to take him to the left?" he said ······
>
> Ben's voice roared. Queenie moved again, her feet began to clop-clop steadily again, and at once Ben hushed. Luster looked quickly back over his shoulder, then he drove on. The broken flower drooped over Ben's fist and his eyes were empty and blue and serene again as cornice and facade flowed smoothly once more from left to right; post and tree, window and doorway, and signboard, each in its ordered place.(400-401)

Jason과 Benjy는 실상 내러티브 몰입의 연장선상에서 양쪽 극단에 각각 위치한다. Jason이 자신의 목소리를 지나치게 자기 세계 속에 부과하고 다른 사람들의 말까지도 왜곡시키는 데 반해

서, Benjy는 극단적인 객관성의 원칙을 표방함으로써 이야기와
화자 사이의 불가피한 거리를 구체적으로 표현해 준다. 따라서
마지막 장면에서 순진무구한 백치의 질서가 이기적인 행동주의
자의 도움으로 회복되는 것이야말로 이 소설이 갖는 비극적 아
이러니가 아닐 수 없다. 비록 그것이 공허하고 무의미한 질서라
고 해도 말이다.

마지막에 우리에게 들려오는 Benjy의 소음과 분노는 처음에
나온 것, 즉 Benjy의 혼동과 불만에 대한 항의와 똑같다. 각 장
은 빙글 돌아서 제자리로 돌아온다. Benjy가 소설을 시작하고 끝
맺는 것은 매우 시사하는 바가 크다.13) John V. Hagopian은 이
것의 효과를 작품의 전체적인 주제와 연관시켜 해석하고 있다.

> At the end Benjy is, of course, unaware of the futility of his
> more primitive kind of order in the face of existential
> nothingness; but the chaos he experiences and responds to with
> moanings and howlings, and false order that ironically soothes
> him, dramatically frame the entire novel in the same way that
> Mr. Compson's sophisticated commentary frames the Quentin
> section. It is therefore Mr. Compson, and not Dilsey, whose values
> finally prevail.(55)

---

13) Faulkner 자신도 1933년도 Random House판 *The Sound and the
Fury*를 위해서 쓴 "Introduction"에서 Quentin 장이나 Jason 장을
쓴 것은 Benjy 장을 명확하게 밝히기 위한 것이었다고 고백한 바
있다(14). 한편, 비평가 Kinney는 *The Sound and the Fury*를
"Benjy's book"이라고까지 부른다(139).

어찌 보면 Compson 집안 자체가 현실의 소리를 멀리서 들어야 하는 국외지대이다. 따라서 그 안에서 벌어지는 갈등은 근본적으로 자아의식과 현실 세계사이의 갈등이다. 이러한 갈등 속에서 각 장의 주인공들은 하나같이 유아론적 고립주의에 빠져 의미를 상실한 인생을 살아가고 있다. 그들은 자의이든 타의이든 간에 철저히 고립적인 자기 폐쇄의 유아론적 경향을 보여 준다. 그들 형제의 가장 큰 문제는 자신들의 부조리한 세계 속에 고립된 것이다. 바꾸어 말하면 David Dowling의 논평처럼 언어 속에 속박된 것이다(53). *The Sound and the Fury*는 역설적이게도 언어가 포착하거나 전달할 수 없는 세계를 제시한다. 그리하여 내레이터나 화자의 말과 의미 사이, 그리고 의미와 실제 사이의 틈새가 언제나 독자의 몫으로 남는다. Quentin의 문제는 자기가 말하는 것을 믿고 싶은 것이고, Jason의 문제는 말하는 것을 그대로 믿는 데 있다. 한편, Benjy의 문제는 아무 말도 못 한다는 것이다. 이에 반해 제4장에서 흑인 하녀인 Dilsey는 유일하게 그녀 자신의 이야기를 말하지 않는다. 그녀는 말에 대한 필요성을 초월하기 때문에, 즉 언어로부터 자유롭기 때문에 어떤 강박관념에도 사로잡히지 않는다. 오직 그녀만이 말의 세계를 초월하고 있다. 결과적으로 *The Sound and the Fury*는 언어가 포용할 수 없는 세계를 지향하면서 말하는 것과 의미하는 것, 의미하는 것과 실제적인 것 사이의 차이를 극명하게 드러내 준다.

Faulkner는 Caddy를 중심으로 서로 다른 세 형제에게 적합한 언어 세계를 형성해 준다. 불완전한 매체인 언어가 결국에는 의사소통의 불능이나 고립된 혼돈 상태라는 작품 주제를 표면에 부각시킨다. 이로써 우리는, Compson 집안에서 각 장의 독특한 시점과 각 주체의 서로 다른 정신적 상황에도 불구하고 그들의 현재 삶의 공허함 속에서, 그들 비전의 상실된 활력 속에서, 그리고 그들의 무산된 꿈속에서 기본적인 통일성을 얻게 된다. 그러므로 *The Sound and the Fury*는 소설의 수사학적 성격을 내러티브로서가 아니라 독자의 연기를 위한 일련의 대본으로서 강조하고 있음을 알 수 있다. 물론 이의 가장 큰 이유는 말 자체가 근본적으로 의미 전달이라는 목적에 충분한 도구가 되지 못한다는 점이다. Faulkner는 이러한 말의 불충분성이나 불완전성을 *As I Lay Dying*에 가서는 한층 더 노골적으로 토로하게 된다.

Ⅲ. *As I Lay Dying*：의식의 조감도

*As I Lay Dying*은 종래의 에피소드적 설계 위에 〈의식의 흐름〉 수법이 가미된 매우 특이한 구성의 소설이다. 한편으로는 연대기적인 설계를 바탕으로 사건들이 기본적으로 진행됨과 동시에, 다른 한편으로는 그 사건들의 단편들이 비연대기 순으로 전개된다. 내러티브 기법 자체를 중요한 플롯으로 갖는 *As I Lay Dying*은 주로 현재형1)으로 진행되면서 59개 내러티브 의식들의 복합적인 시점을 이루고 있다. Stephen Ross가 *As I Lay Dying*을 가리켜 "a virtual laboratory for experimentation with mimetic voice" (*Inexhaustible Voice* 111)라고 부른 것도 사실은 이 때문이다.

*As I Lay Dying*은 무엇보다도 먼저 구성 방식부터 특이하다. Bundren 가족 일곱 명과 외부 사람 여덟 명의 내면독백으로만 이루어진 59개의 장은 일련번호가 아니라 각 의식 주체의 이름으로 각 장의 표제를 달고 있다. 결과적으로 59개 의식의 흐름들이 불연속적으로 이어지는 *As I Lay Dying*은 한마디로 "a

---

1) 일반적으로 이야기꾼들이 이야기에 통합적인 관점을 부여하기 위해 과거 시제에 의존하기 마련인데, Faulkner는 *As I Lay Dying*에서 소설보다는 드라마에나 적합한 현재 시제를 주로 사용하고 있다. 현재 시제는 행동이 일어나는 현장에서 그 장면을 보고하는 데 적합하다. 그러나 시간 경과나 장면 전환이 요구될 때는 현재형 서술이 불가능하다. 이런 경우에 작가는 회상적 서술에 의존하는 수밖에 없는데, *As I Lay Dying*도 예외는 아니다.

polyphonic narrative of an odyssey"(Lecercle-Sweet 46)이다. 다시 말해서 여러 정신 작용의 상상적 재구성이라 할 만하다. 작가는 이 같은 구성상의 불협화음을 조절하고 어느 정도의 질서를 부여하기 위한 방편으로 〈여행〉이란 모티프를 도입하고 있다. Walter J. Slatoff는 *As I Lay Dying*이 여행을 중심으로 이야기를 전개시키기 때문에 "certain unity that which the earlier book[*The Sound and the Fury*] lacks"(158)를 갖게 되었다고 주장한다.

일련의 데카메론적인 사건들은 단지 작품의 표면적인 이야기의 요약에 지나지 않으므로 간단하기 그지없다. 그러나 이 사건들이 여러 인물들의 의식을 통해 제시되는 내면적 플롯은 결코 그처럼 간단하지만은 않다. 따라서 *As I Lay Dying*은 공간상으로는 노상을 따라 펼쳐지는 장례행렬을 따라 움직이지만 시간상으로는 여행자들의 은밀한 삶 속을 파고들어 간다. 일직선적인 장례여행을 기본 구조로 갖는 이 소설이 단순한 재앙의 기록 이상인 것은 바로 이 때문이다.

*As I Lay Dying*에서는 마차를 이용한 물리적 여행과 의식을 이용한 심리적 여행이 서로 가깝게 병행한다. 심리적 여행의 목적지는 장례 여행에 참가한 사람들의 내면적 삶의 터전이다. Frederick J. Hoffman은 *As I Lay Dying*을 가리켜 "a psychological study of several perspectives upon a truth"(61)라고 부르면서 이 소설의 심리적 특성을 강조하는데, 여기에서 〈진리〉란 죽음이 아니라 삶의 환경에 대한 것이다. *As I Lay Dying*의 중요한 갈등은 장례여행에 참가한 일행의 죽은 자에 대한 임무 수행과는 별도로 산 사람들의

문제, 즉 인간 존재의 문제에서부터 파생된다.

 *As I Lay Dying*에서 내러티브 기교상의 문제는 가장 먼저 "As I Lay Dying"이라는 제목에서부터 비롯된다. 그것은 제목 자체가 이미 삶의 죽음으로의 행진을 강하게 암시하기 때문이다. 아울러 이 제목은 죽음이 삶의 상반적 개념이 아니라 삶의 연장 선상에서 이해돼야 할 것임을 암시하기도 한다. Doreen Fowler 는 *As I Lay Dying*의 제목이 소설의 중심 주제를 요약하면서 죽음과 관련시켜 삶을 규정해 준다고 역설한다.

> The title sums up in four words the novel's central theme. In *As I Lay Dying* life is defined as a continuous and inevitable movement toward death. Thus, the title exposes human existence as a gradual dying process.(23)

 죽음과 관련히어 작품 제목 "As I Lay Dying"이 규정하는 삶 의 정의는 제목의 주체인 Addie에 의해 명백히 진술된다. 그녀 에게 있어서 삶이란 죽음의 형태이다. 따라서 그것은 죽음의 준 비와 동일한 것으로 표현된다. Addie는 어려서부터 삶의 이유가 바로 "to get ready to stay dead a long time"(134)이라는 아버 지의 충고를 들으면서 자라난다. 그녀는 성장하는 동안 자기도 모르는 사이에 점차로 이 충고를 삶의 지침으로 받아들이게 된 다. 이윽고 그녀는 아버지의 충고가 옳았음을 깨닫고 태연히 죽 음을 맞아들일 태세를 갖추게 된다.[2] Addie가 마침내 터득한 것

---

2) 이런 관점에서 보면 Addie는 근본적으로 *The Sound and the Fury* 의 Quentin과 마찬가지로 아버지의 허무주의적 인생관에 의해 희생

은 인간 존재란 다름 아닌 죽음에로의 행진일 뿐이라는 것이다. 바꾸어 말하면, 존재란 오직 죽음에 의해서만 규명되고 설명될 수 있을 따름인 것이다. 이에 그녀는 "living was terrible"(136)이라는 귀중한 진리를 터득하게 된다.

Addie 자신의 독백을 면밀히 분석해 보면, 힘들고 험난한 장례 여행의 모험은 이미 그녀가 살아있을 때 스스로 계획해 놓은 것임을 알 수 있다. 비평가 Melvin Backman은 Addie가 죽은 뒤에도 땅에 묻힐 때까지는 그녀의 혼령이 죽지 않고, "I"로서 살아 돌아다니고 있음을 강력히 시사한다("Addie Bundren"21). Addie의 혼령은 그녀의 시신이 땅에 묻힐 때까지는 결코 지상을 떠나지 못한다. 그리고 사악한 힘으로 재앙을 일으켜서 최후까지 남편과 가족에게 복수를 감행한다. Bruce F. Kawin도 Addie의 사후 존재에 대해 Backman과 매우 유사한 해석을 하고 있다. 다만 그는 이 작품이 〈유령 이야기〉(ghost story)라는 Backman의 주장에는 동의하지 않고 전체 소설을 가리켜 "her fantasy"(264)라고 논평함으로써 Addie를 유일한 "mind of the novel"로 인식한다. 따라서 Kawin도 홍수와 화재의 재앙 등을 Addie가 상상한 그녀 자신의 힘의 구사로 받아들인다. 결과적으로 이 두 비평가들은 Addie가 무덤에 묻히기까지 완전히 눈을 감지 못한다는 점을 지적함으로써 그녀의 사후 존재를 인정하는 셈이다.

제목의 주체는 작품 속에서 유일하게 죽는 Addie임에 틀림없다. 작품 전체에 걸쳐 단 한 번 내면독백을 보여주는 Addie는 죽었거나 살았거나 Bundren 가족의 정서적 중심이자 작품 구성상 다른

되는 셈이다.

인물들의 의식의 흐름들을 연결시켜 주는 구심점이다. 사실상 *As I Lay Dying*은 "a cantata in which a theme is developed and varied through a succession of voices"(Howe 176)와 비교될 수 있을 정도로 복잡한 의식들의 복합체이기 때문에, Addie의 독백이 따로 없다고 한다면 아마도 구성상의 산만함을 면할 길이 없을 것이다. 이에 André Bleikasten은 Addie의 독백이 갖는 구성상의 효과적 기능을 특히 강조한다.

> It is precisely in terms of reciprocal illumination that one could define the relationship between Addie's single monologue and the rest of the novel. Were it not for this monologue, the book would lack focus, and much of its meaning would be lost on the reader, since the family drama can be understood only by reference to the personal tragedy suggested by the dead woman's confession. But conversely Addie's monologue needs the echoing space of the whole work for its significance to be fully grasped.(*Faulkner's As I Lay Dying* 47)

Addie의 독백은 시점으로 보아서 그녀가 죽은 뒤에 나오기 때문에, 그녀는 필경 죽음의 장벽을 뛰어넘어서 말하는 것이다. 그녀가 죽은 뒤에 소설 속에 들어와 아무런 설명이나 논평도 없이 말하고 떠나는 것은, 그녀가 소설의 중심임을 생각하면 더욱더 기이하게 보인다. 일부 Faulkner 비평가들은 Addie가 어떤 모습으로든지 죽음이라는 시간의 한계를 파괴하고 있음을 분명히 인정한다.

실제로 Addie가 독백하는 내용 가운데 그녀가 죽은 뒤에 일어나는 것은 하나도 없다. 그러므로 Faulkner가 기술적으로 시체에게 목소리를 부여한 것은 결코 아니다. 다만 그녀의 서술을 최고의 효과를 얻을 수 있을 때까지 연기한 것뿐이다. 그녀의 의지는 가족들이 그녀의 유언을 실행할 때만 아니라 자식들이 서로서로 작용하는 관계 속에서도 명백히 드러난다. 그러니까 작가는 그녀의 독백을 그녀가 죽은 뒤까지 보류함으로써 그녀 의지의 충격과 함께 환상의 붕괴를 독자로 하여금 명확히 느끼게 하려는 것이다.

제목이 암시하는 것처럼 어찌 보면 *As I Lay Dying*은 "Addie Bundren's novel"(Powers 54), 또는 "the story of Addie Bundren" (Pilkington 105)처럼 보인다. 사실상 적지 않은 Faulkner 평자들이 Addie를 이 작품의 중심인물이나 영웅적 주인공으로 보고 있다.[3] 그런가 하면 상당수 비평가들은 Addie를 이 소설의 구조상의 축으로 본다. 예를 들면, M. E. Bradford는 Addie를 가리켜 "the auditor of all the reveries"(1094)라고 부르고, David M. Monaghan은 그녀를 "the single narrator of the novel"(213-20)로 본다. 실제로 Addie의 죽음이야말로 Bundren 가족의 내면에 떠오르는 의식들의

---

3) Irving Howe는 "It is Addie who dominates the book ……"(177)라고 주장하여 사실상 Addie가 작품 전체를 지배하고 있는 것으로 보고 있고, Arthur Kinney는 Addie를 가리켜 *As I Lay Dying*의 "imagistic center"(162)라고 부른다. 한편, Richard Chase는 Addie의 독백을 이 작품의 "moral center"(209)라고 주장하는가 하면, John E. Bassett는 Cora Tull을 "a foil to Addie"라고 전제하고 나서, Addie를 가리켜 "the most heroic …… of all the characters"(80)라고 부른다.

흐름의 원천이다. 그러기에 Addie는 관 속에서 마차 위에 실려 여행하는 동안에도 죽지 않고 살아 움직이는 듯이 남은 가족들에게 막강한 힘을 구사하는 것이다. Bleikasten은 이러한 *As I Lay Dying*의 구조를 Addie를 중심으로 갖는 움직이는 원으로, 특히 잔잔한 물속에 돌을 던질 때 연속적으로 일어나는 파동으로 파악한다 (*Faulkner's As I Lay Dying* 48). 그러니까 가족 구성원 각자에게서 일어나는 하나하나의 파동은 Addie로부터 시작해서 점점 더 크게 확대되어 나가는 것이다.

*As I Lay Dying*은 Addie의 직설적인 독백을 통하여 "a dialectic over the failure of words"(Bassett 66)나 "the deathness of language"(Snead 73)를 *The Sound and the Fury*보다도 훨씬 더 극명하게 보여 준다. Addie는 무엇보다도 공허한 언어적 표현과 〈말〉의 부적절성에 대해서 대단히 반발한다. 그녀가 최종적으로 확인한 듯한 "words dont ever fit even what they are trying to say at"(136)라는 주장이 언어와 체험·현실과의 불일치에 대한 Faulkner 비평의 슬로건이 되었다. Addie의 〈말〉에 대한 태도에는 아이러닉한 일면이 엿보인다. 그녀는 자신의 입으로 "words are no good"(136)이라고 분명히 밝힌다. 그런데도 가족에게 여행이란 격렬한 행동을 강요하는 것은 고향 땅에 묻어달라는 그녀 자신의 〈유언〉이다. 그녀의 말이 Anse를 포함한 가족들을 움직이게 만드는 셈이다. 남편 Anse를 〈행위자〉(doer)로 만들지 못하는 Addie가 그녀 자신이 경멸해 온 말로써 그녀가 죽은 뒤에 남편으로 하여금 실행에 옮기게 하는 것은 명백한 아이러니인 것이다(Brylowski

87-88).

Addie의 독백이 Cora Tull의 독백과 Whitfield 목사의 독백 중간에 설정된 것도 John Bassett에 따르면 언어의 결함에 대한 작가의 세심한 배려 때문이다(80-81). 즉 이 두 명의 경건한 위선자들의 내면독백에 나타난 풍자는 Addie독백의 진지한 어조와 날카롭게 대조된다. 그렇지만 궁극적으로 인간의 개인적 경험이나 상호간의 교제는 언어를 필요로 한다. 그녀가 거부하는 〈모성〉이나 〈사랑〉과 같은 말들은 그녀가 실패한 인간적 특성들을 가리킨다. 그 추상적 언어들은 그녀에게 있어서 결함투성이의 모순일 따름이다.

Addie는 *Light in August*의 Simon McEachern이나 Joanna Burden처럼 일종의 도착적인 퓨리턴이다. Addie 자신의 말에 대한 경멸은 그녀의 매조키즘(masochism)을 합리화시킨다. 그녀는 미혼 시절 학교 교사로 재직하면서 이러한 도착성에 사로잡힌다. 그녀는 먼저 각 개인의 은밀하고 이기적인 생각들에 대해 분개하면서 학생들을 증오하기에 이른다. 그리고 그 학생들을 벌줄 기회만을 애타게 기다린다. 그러다가 학생들이 그릇된 행동을 하면 심한 체벌을 가하곤 한다.

> I would look forward to the times When they faulted, so I could whip them. When the switch fell I could feel it upon my flesh; when it welted and ridged it was my blood that ran, and I would think with each blow of the switch: Now you are aware of me! Now I am something in your secret and selfish life, who have marked your blood with my own for ever and ever.(134)

Addie는 말을 믿지 않는다. 말을 가지고는 은밀하고 이기적인 사람들끼리의 의사소통이 불가능하기 때문이다. 그녀가 회초리로 매질을 가하는 것도 실상은 말에 대한 경멸 때문이다. 그러니까 말 대신에 채택한 매질은 그녀 자신의 존재를 폭력적으로 인식시키려는 필사적 투쟁의 일환이다. 그것은 자신의 〈비존재〉(not-being)의 생각을 회피하기 위한 하나의 방편인 셈이다. 그렇지만 폭력의 사용은 그녀 자신의 고립된 감방을 부수기에는 충분치 못하다. 그녀는 자신의 환상적 자아에만 집착한 채 상대방에게 또 하나의 고유한 자아가 있음을 보지 못하기 때문에 시행착오만을 되풀이할 따름이다.

Addie는 Anse와의 결혼까지도 그녀 자신의 필사적인 자아 추구 투쟁의 한 방편으로 잘못 이용한다. Addie가 Anse의 구혼을 받아들인 것은 진정한 사랑의 결실이 아니라 그녀 자신의 고독을 종시시키기 위한 단순한 이기심의 수용에 불과하다. Addie 자신이 두 번씩이나 "So I took Anse"(134, 136)라고 강조해서 고백하는 것을 보아도 이 점은 명백하다. 따라서 그녀에게 있어서 결혼은 죽음의 또 다른 예비 행위에 지나지 않는다. 결국에는 무기력한 Anse와의 결합이 그녀에게 있어서 비극의 출발점이 되는 셈이다.

Anse는 행동이 뒤따르지 않는 공허한 말만 앞세우려 한다. 그래서 그는 말과 행동 사이의 간극을 메우지 못한다. 이에 반해 Addie는 말을 쓸모없는 허위로 여기고 행동으로만 자신의 존재를 표현하려 한다. 그녀의 행동에의 강렬한 몰입은 존재의 고립이나 무의미와 싸우기 위한 일종의 투쟁이라 할 수 있다. Anse

는 그녀에게 생생하고도 활기찬 행동을 보여주지 못하고 공허한 말만 나타낸다. 더구나 그는 아무 의미도 없는 말에 쉽게 만족해한다.

　Addie는 Cash를 임신하고서 말과 그 말이 표현하는 행동 사이의 심한 괴리 현상을 느끼게 된다. 그녀는 Anse가 〈사랑〉이라고 부르는 것까지도 다른 말들과 마찬가지로 빈자리나 메우기 위한 어떤 형체에 불과한 것이라고 간주해 버린다. 그녀는 Cash를 낳고서는 Cash와의 관계에서 말의 불필요함을 체험으로 확인하게 된다. 그녀는 "My aloneness had been violated and then made whole again by the violation ……"(136)이라고 생각하며 일시적으로 위안을 받기도 한다. 그렇지만 Darl을 임신하고부터 〈사랑〉이란 것과 함께 Anse에게 스스로 기만당했다고 느끼고 그에게 강한 복수심을 품게 된다. 이후 Addie의 삶은 어떤 의미에서 Anse에 대한 적개심으로부터 비롯된 것이라 할 수 있다. 이 복수의 일환으로 Addie는 Anse에게 자기가 죽거든 Jefferson 가족묘지에 묻어 달라고 요구한다. Addie는 한때 Anse에 대한 격렬한 반발심에 사로잡혀 그를 죽일 환상까지도 떠올린다. 그러다가 문득 그녀는 자신을 진정으로 속인 것이 Anse나 사랑이 아니라 그것들보다도 훨씬 더 오래된 〈말〉이란 것을 깨닫게 된다. 그녀는 당시 태중에 있는 아기(Darl)가 말의 씨앗이라고 단정하고 그가 출생하기도 전에 미리 거부하기에 이른다. 결과적으로 Addie와 Darl의 갈등관계는 Darl이 태어나기도 전에 이미 어머니 태중에서 운명적으로 결정된 것이다.

　Addie가 아버지의 충고의 의미를 체험으로 완전히 깨닫게 되는 것은 Darl을 임신하고부터이다. 〈말〉이라는 고립된 감방에 갇힌 Anse는 이미 그녀에게 있어서 죽은 거나 다름없다. 다만 가엽게도 Anse는 자신이 죽은 것을 모르고 있을 따름이다. 마침내 Addie는 "I would be I; I would let him be the shape and echo of his word"(138)라고 다짐하면서 Anse를 빈껍데기만의 형체로 단정해 버리는 것이다.

〈말〉에 대한 Addie의 경멸은 〈죄악〉과 〈구원〉에 대한 불신으로 이어진다. 〈죄악〉이란 범하지 않은 사람들이 그것의 실상을 덮어두기 위해 사용하는 말이다. 그러니까 그것은 갖지 못한 어떤 것을 가리키기 위해 하나의 단어를 필요로 하는 사람들을 위해 있는 셈이다. 그것은 한마디로 없는 것을 채워주는 형태이다. 그래서 그녀는 〈죄악〉이라는 말을 조롱하기 위해 Whitfield 목사와의 부정행위를 저지른다. Addie의 간통은 Anse의 공허한 형체에 대항하는 그녀 자신의 격렬한 행동의 표시이다. 그러니까 죄인인 Addie에게 있어서 〈죄악〉이란 곧 "a gallant garment already blowing aside with the speed of his secret coming"(139)인 것이다. 한편, 간통으로 낳은 Jewel은 Anse와 〈말〉로 이루어지는 삶에 대한 그녀 복수심의 증표가 된다. 그야말로 Jewel의 출생은 그녀가 〈죄악〉이란 낱말을 실행 속에 옮겨본 체험의 결과이다. 그 체험은 특히 Whitfield가 신의 사랑과 죄악에 관해 늘 설교하는 성직자이기 때문에 더욱더 강도가 높은 것이다. Addie는 Anse와 결혼할 때에도 섹스를 통해 말을 피하고 진정한 존재에의 참여를 추구한다는 동기를 갖고 있었다. 그러나 그녀는 Darl을 임신하고부터 섹스도 삶의 다른 형태처럼 공허한 것임을 깨닫게 되었다. 이에 그녀는 말을 완전히 배제할 수 있는 간통이라는 폭력적 행위에 극단적으로 의존하게 되는 것이다.

섹스는 자식 출생을 통한 인간 지속의 상징이자 생 자체에의 전적인 몰입의 상징이라 할 수 있다. 섹스는 다름 아닌 삶의 격렬한 국면인 것이다. 그렇다면 그것의 최종 목표는 삶의 경우처럼 반어적으로 죽음일 수밖에 없다는 결론이 나온다. 이런 점에서 아마도 Addie가 간통이라는 극단적 행동을 통하여 터득한 것이라면, Raymond Williams가 주장하는 "The end of sex, the fierce humping life-struggle-is death"(120)라는 교훈일 것이다.

Addie는 Jewel이 태어나고부터 삶과 죽음의 역설적 관계를 절감하고 삶과의 헛된 투쟁을 포기한 채 죽음을 준비하게 된다. 그녀는 우선 Anse에게 Jewel을 상쇄하도록 Dewey Dell을 낳아주고, 그에게서 빼앗은 아이, Cash를 대신하도록 Vardaman을 낳아준다. 이로써 그녀는 "cleaning up the house"(139)를 끝내고 Quentin Compson이나 Joe Christmas처럼 자신의 죽음에 대해 강박적으로 집착한 채 죽음 준비를 마친다.

죽음이야말로 *As I Lay Dying*의 귀착점이라 할 만하다. 작품 자체가 결국에는 한 가정의 파멸과 죽음을 기록한 것이라고 해도 좋을 만큼 죽음의 이미지가 작품 주제와 구조에 있어서 가장 중요하고도 핵심적인 모티프이다. 그렇다면 죽음이 무엇 때문에 그다지도 중요한 것일까? 죽음과 생이 표리를 이루는 동일체라고 하는 견해는 사망 심리학자들에게 일반화된 상식이다. 죽음이란 흔히 생각하듯이 생과 반대되는 개념으로 생의 불가피한 종말이라기보다는 그 생에 형태를 부여해 주는 본질적 요소이다.

그러므로 인생에 의미를 부여하는 것 역시 시간이나 삶이기보다
는 차라리 죽음이라 할 수 있다. 죽음의 개념은 본래 과거의 자
기를 탈피하여 새로운 단계로 접어드는 자기 성장의 한 과정이
다. 이런 의미에서 죽음은 인간에게 개성을 규정해 주고 그 인간
을 완성시키는 최후의 인자이다. 따라서 죽음은 인간 밖에 있는
것이 아니라 인간 안에, 즉 삶 속에 내면화되어 있다. Faulkner
는 *As I Lay Dying*에서 이러한 죽음의 역설적 논리를 Peabody
의 독백을 통해 명백히 표명한다.

> I can remember how when I was young I believed death to be
> a phenomenon of the body; now I know it to be merely a
> function of the mind-and that of the minds of the ones who
> suffer the bereavement. The nihilists say it is the end; the
> fundamentalists, the beginning; when in reality it is no more
> than a single tenant or family moving out of a tenement or a
> town.(37)

Peabody의 표현대로 죽음이 "a phenomenon of the body"이
기 이전에 "a function of the mind"라고 한다면 그것은 물리적
인 것이기보다는 차라리 심리적 현상이다. 그런데 문제는 다른
데 있다. 그것은 바로 죽음의 역설적 논리에 도달하기까지
Addie의 이기심에 의한 가족들의 희생이 잇따르는데다가 그 희
생이 아무래도 비극적일 수밖에 없다는 것이다.

Addie가 가족들을 희생하면서까지 힘들고 고통스런 인생 여정
을 통해 깨닫게 되는 것은 "how the high dead words in time

seemed to lose even the significance of their dead sound"(139)
이다. 이에 따라 Addie는 〈말〉의 공허함처럼 존재의 아이덴티티
를 추구하려는 자신의 투쟁도 결국에는 무익하고 공허한 제스처
에 불과한 것임을 깨닫게 된다. 그녀가 마침내 죽음을 삶의 연장
선상에서 받아들일 수 있게 된 것도 사실은 이 같은 인식을 바
탕으로 하고 있다. 그녀는 살아 있는 동안에는 이처럼 죽음의 현
상을 스스로 체험하고, 죽은 뒤에는 이와 반대로 마차에 실려 가
면서도 나머지 가족들의 의식 속에 살아서 막강한 힘을 구사하
는 것이다.

결과적으로 *As I Lay Dying*의 주요 테마인 존재 의미의 탐구
는 Addie에게서 그 해답을 찾을 수 있는 것이다. Lyall H.
Powers는 Addie에 의해 입증된 삶과 죽음의 역설적인 불분리성
에 관해 다음과 같이 주장한다.

> It is no simple irony, furthermore, that the question of how to
> live is here confronted in the story of Addie's dying and death:
> those two crucial phenomena-living and dying-are of necessity
> inextricably combined ……(54)

Addie의 시체가 단순히 Bundren 가족들에게 소름끼칠 유머를
제공하기 위한 구실만은 아니다. Addie는 멀고도 힘든 길을 여
행해서 자신의 처절한 체험을 바탕으로 마침내 삶과 죽음이 별
개의 개념이 아니라 한 존재의 양면임을 확인해 왔다. 이런 의미
에서 Addie의 일생은 존재의 특성인 "The double paradox of a

dying life and an active death"(Bleikasten, *Faulkner's As I Lay Dying* 112)를 그대로 입증해 준다.

*As I Lay Dying*의 창작 과정에서 Faulkner는 인물들의 목소리에 자기 자신의 목소리를 보충해 줄 상당한 자유를 갖고서 적어도 한 인물에게는 소설 전체를 통하여 실제적으로 〈저자-내레이터〉(authorial narrator)의 기능을 부여해 줄 필요성을 느꼈다. 이 인물로 선택받은 자가 바로 Darl Bundren이다. Faulkner는 Darl을 작가의 제1의 대리인, 다시 말해서 독자에 대해 전적인 책임을 지는 사람으로 삼음으로써 이 책에 〈작가 없음〉(authorlessness)의 인상을 심어준다. Darl이 없으면 Addie의 독백은 독자에게 엄청난 구조적 충격을 주는 소설의 중심에 위치할 수 없다. 우리는 Darl로 인해 비로소 Addie가 여전히 살아서 다른 사람들의 행동에 영향을 미치는 것처럼 느낄 수 있게 된다.

Addie의 죽음이 Bundren 가족 여행의 근본 동기이므로 이 여행의 최종 목표는 죽은 그녀의 시체를 Jefferson에 묻는 것이다. 그런데 아이러니컬하게도 이 여행은 Powers의 논평대로 "the typical metaphoric expression of the journey of life"(55)이다. 이러한 관점에서 보게 되면 *As I Lay Dying*의 외적 구조에서 반영웅적 인물로 부각되는 Darl이 내면 구조에서는 실로 영웅주의적 주인공으로 부각될 수 있다. 이에 우리는 그의 독백을 통해서 장례여행을 모든 인간 행동의 상징으로 확대시켜 해석할 수 있게 된다. 물리적 여행이 Jewel과 Anse의 뜨거운 햇빛을 통과하는 Jefferson까지의 마차 여행이라고 한다면, 심리적 여행은 Darl의 혈연관계(kinship)를 통한 내면세계로의 애처로운 여행이라 할 수 있다.

Faulkner는 위에서 언급한 대로 물리적 여행에다 심리적 여행을 동시에 병행시키기 위해 여러 이미지들을 포함하여 주위 환경을 교묘히 이용한다. 작품 서두에서 우리는 보다 확고하고 질서정연한 공간 속에 서 있게 된다. 그러나 얼마 안 가서 이 장면이 깨지기 시작한다. 이것은 공간의 왜곡을 통해 지각의 단절을 보여주기 위한 수법으로 채택된 것이다. 무엇보다도 먼저 〈길〉 자체가 질서로부터 혼란으로의 변화를 겪는다. 실제로 길의 변화하는 이미지는 그 길의 여행에 참가한 사람들의 시시각각으로 변화하는 내면세계를 효과적으로 보여주기 위한 방편으로 사용된다. Darl의 첫 번째 내면독백에서 Darl은 Jewel과 함께 한 줄로 서서 목화밭 사이로 난 샛길을 따라 걸어온다. 이 모습은 지나칠 정도로 평화롭고 고요해서 정녕 한 폭의 풍경화를 연상케 한다.

> Jewel and I come up from the field, following the path in single file. Although I am fifteen feet ahead of him, anyone watching us from the cotton-house can see Jewel's frayed and broken straw hat a full head above my own.
>
> The path runs straight as a plumb-line, worn smooth by feet and baked brick-hard by July, between the green rows of laid-by cotton, to the cotton-house in the centre of the field, where it turns and circles the cotton-house at four soft right angles and goes on across the field again, worn so by feet in fading precision.(7)

위 장면에서 Darl이 상세하게 관찰하고 있는 길은 마치 인성을 가진 듯하다. 처음에 길은 곧게 뻗어나가다가 목화 창고를 오른 쪽으로 유연히 돌아서 다시 밭을 가로지르며 계속 이어 나아간 다. 우리는 Darl의 관찰 속에 비친 길의 메타포에서 희망과 좌절, 기쁨과 슬픔이 함께 어우러지는 인생 여정의 의미를 짐작해 볼 수 있다.

Darl의 환경에서 길은 중요한 요소이기 때문에 여행하는 동안 내내 그의 관심은 길에 쏠린다. 처음에 Darl에게 질서의 증표로 보였던 길의 이미지는 Addie의 죽음이 임박함에 따라 점차 혼란 으로 바뀐다. 이러한 현상은 Darl이 Jewel과 함께 집에서 3마일 떨어진 곳으로 마차에 목재를 실으러 가기 위해 임종의 상태에 놓인 Addie 곁을 떠나는 순간부터 일어난다. 그는 쫑긋거리는 노새 귀 사이로 터널을 이루며 뒤로 질주해 가는 길을 관찰한다. Darl의 시야에 들어오는 길은 마치 실처럼 보인다. 그런가 하면 마차 앞쪽 차축은 영락없이 그 실을 감는 실패와도 같다. Darl은 이처럼 실패에 감기는 실처럼 뒤로 미끄러지듯이 사라져가는 길 을 바라보면서, "It takes two people to make you, and one people to die"(34)라는 생각에 도달한다. 이것은 바로 인간 존재 의 출생과 죽음의 신비를 두고 하는 상념이다. 남녀 두 사람이 한 생명을 출생하기 위해서는 9개월이란 기간이면 충분하다. 그 런데 이것은 오직 육체의 출생만을 준비하는 데 드는 시간이다. 이와는 별도로 정신의 출생, 즉 제2의 잉태를 위한 또 다른 준비 기간이 있다. 이것은 당사자 한 사람에게 이 세상에서 배정된 모 든 시간이다. 첫 번째 출생은 인간을 죽음으로 종말 짓는다. 오직 제2의 출생만이 그를 영원으로 들여보낸다. Darl이 여기에서 "person" 대신에 "people"이라고 복수단어를 사용하는 것도 사실은 이러한 존재의 신비, 즉 삶과 죽음의 역설적 관계를 바탕으로 하기 때문이다.

한편, 어머니 Addie가 죽음을 맞는 순간에 Darl은 Jewel과 함께 많은 비로 인해 흙도 아니고 물도 아닌 혼란스런 길 위에서 무거운 목재를 마차에 싣느라고 법석을 떤다. 이때의 길은 Darl의 내면이 질서 대신에 혼동으로 온통 뒤엉켜 있음을 상징적으로 나타내 준다.

이윽고 마차를 이용한 장례행렬이 시작된다. Addie의 관을 실은 마차가 가는 길은 온통 흙탕물로 뒤덮여 있다. 이 길을 따라서 마차는 끊임없이 터덜대며 굴러간다. Darl은 마차의 움직임에 정신없이 몰두하다가 갑자기 삶의 움직임이 멈추는 듯한 부동과 정지의 인상을 강하게 받는다. 이 순간에 길 위를 질주해 가는 마차에서 Darl은 처음으로 시간과 공간의 혼동을 경험한다(83). 이때 Darl은 자신이 가고 있는 길이 공간상의 거리가 아니라 시간을 측정하는 단위인 것 같은 환각에 사로잡힌다. 일반적으로 길은 과거·현재·미래의 연속적인 인간 상황을 보여주기 위한 시간의 상징으로 알려져 있다. 그러므로 Darl은 길 위를 이동해 가면서도 마치 최면술에 걸린 듯이 진행과는 무관한 듯한 시간 속의 이동을 체험하는 것이다.

작가는 Darl의 이 같은 의식상의 혼동을 구체적으로 나타내 주기 위해 공간 속에서 실제로 일어나는 마차의 이동을 교묘하게 이용한다. Bundren 일가의 장례행렬이 Vernon Tull의 집 앞을 통과

할 때 작가는 그 장면을 Darl의 의식을 통해 이렇게 묘사한다.

> Tull is in his lot. He looks at us, lifts his hand. We go on, the
> wagon creaking, the mud whispering on the wheels. Vernon still
> stands there.(83)

얼마 후 Anse 일행은 강물이 너무 불어서 갔던 길을 되돌아와
Tull의 집 앞을 다시 지나게 된다. 작가는 이번에는 Dewey Dell
의 의식을 통하여 이 장면을 그린다.

> We turn into Tull's lane. We pass the barn and go on, the
> wheels whispering in the mud, passing the green rows of cotton
> in the wild earth, and Vernon little across the field behind the
> plough. He lifts his hand as we pass and stands there looking
> after us for a long while.(94)

위 두 장면에서 마차 바퀴는 흙탕물을 튀기고 똑같은 소리를
내면서 굴러가고 있다. Tull은 Anse 일행을 향하여 손을 들어주
는 똑같은 동작을 취하고 있다. 이 유사한 두 장면은 바로 이들
일행이 공간이 아닌 시간 속의 내면 여행을 하고 있음을 상징적
으로 암시해 주는 것이다. 이 같은 입장에서 Fowler도 이 회귀의
움직임이 "an image for life"로 변한다고 전제하고서, "Only
time progresses; all other progression is an illusion"(24)이라고
매우 적절하게 논평을 가한다.

길로 인하여 공간과 시간의 혼동을 체험한 Darl은 이내 그 길

을 조정하는 사람이 Addie라는 인식에 사로잡힌다. Darl은 비가 온 뒤에 황토 빛으로 변한 길을 바라보고서 "a spoke of which Addie Bundren is the rim"(83)의 이미지를 떠올린다. 이 바퀴의 이미지는 Addie가 축이 되어 바퀴살인 길을 포함하고 있고, 거기에 실제로 통제를 가하고 있음을 강하게 암시해 준다. 이로써 우리는 혼란과 무질서로 뒤엉킨 길에서 Addie가 유일하게 질서의 원리로서 작용하는 것을 확인할 수 있다. 마침내 Darl은 Addie의 작용으로 인해 움직이는 것이 마차가 아니라 길이라는 결론에 이르게 된다.

> It wheels past, empty, unscarred, the white signboard turns away its fading and tranquil assertion …… The signboard passes; the unscarred road wheels on.(83)

결과적으로 Darl의 의식 속에서 마차는 제자리에 서 있고 길이 굴러가는 셈이다. 공간이 아닌 시간을 가는 길은 홍수로 범람한 강으로 이어진다. 많은 비가 내려 다리가 떠내려 가버린 강은 어떤 의미에서 시간이라는 길의 단절을 의미하기도 한다. Anse 일행은 여행을 계속하기 위해서 단절된 강을 건너지 않으면 안 된다. 그렇지만 강 자체도 역시 한시도 그침 없이 흐르는 유동적 특성으로 인해 흔히 시간의 상징으로 알려져 있다. 이에 따라 Darl이 급류가 흐르는 강을 사이에 두고 건너편 강둑에 있는 나머지 가족을 바라볼 때, 그들 사이에 가로놓인 것은 공간이 아니라 시간인 것처럼 보인다.

It is as though the space between us were time; an irrevocable quality. It is as though time, no longer running straight before us in a diminishing line, now runs parallel between us like a looping string, the distance being the doubling accretion of the thread and not the interval between.(115)

여기에서 Darl은 또다시 시간과 공간의 혼동을 체험한다. 검고 짙은 격류가 흐르는 강폭은 실제로 백 야드밖에 되지 않는다고 하지만 시간이란 길 위를 가고 있는 그들 일행의 여행을 결코 중단시키지는 못한다. 공간적 차원의 특징은 단절과 함께 전후좌우 어디로든지 자유자재로 이동할 수 있다는 데 있다. 그러나 시간의 특성은 돌이킬 수 없는 성질, 이른바 불가역성과 함께 어느 한순간도 결코 단절될 수 없다는 것이다. 이에 다리가 소실된 강은 실제로는 공간상으로 길의 단절을 보여주지만, 위에서 언급한 대로 길의 시간성과 함께 강 자체가 지니는 시간적 속성을 고려해 볼 때, 연속성을 갖는 시간처럼 양쪽 강둑을 보이지 않는 끈으로 연결해 주는 것이다.

Bundren 가족이 여행하는 길은 이처럼 단절되지 않는 시간의 속성을 띠고 Jefferson까지 이어진다. Darl은 여행하는 동안 내내 시간과 공간의 혼동을 경험하면서 극도로 존재의 혼란에 빠진다. Faulkner가 이처럼 Darl의 의식을 혼란케 함으로써 공간을 시간성으로 해명하고자 하는 것은 바로 *As I Lay Dying*의 구조가 단순한 공간상의 진행이 아니라 시간과 의식을 또 하나의 차원으로 갖고 있음을 나타내 주려는 것이다.

일반적으로 시간과 인간 존재의 두 통일체 사이에는 상호 불가분의 관계가 성립하는 것으로 알려져 있다. 자아에 의해서 경험되지 않은 시간, 이를테면 자연과학자나 역사학자에 의해 기록된 시간은 개인의 육체적 성장에만 관여하는 물리적 힘이다. 그런가 하면 자아에 의해 체험된 시간은 그에게 자신의 존재를 확인시켜 주는 심리적인 힘이다. Hans Meyerhoff는 *Time in Literature*에서 시간의 이 같은 이중적 특성을 아주 사려 깊게 요약하고 있다.

> Time makes us and unmakes us, both in the physical sense of the changing cell structure of the body-completely renewed, it is said, every few years-and in the psychological sense of a constantly changing stream of consciousness.(29)

문학 작품에서 자주 취급되는 시간의 모티프는 거의 전적으로 심리적 문제에 국한되는 것으로서 개인의 자아 형성에 매우 중대한 역할을 한다. 이런 점에서 문학에서의 시간 논의는 대개는 존재의 아이덴티티 문제와 직결된다고 볼 수 있다.

Faulkner는 필경 *As I Lay Dying*에서 심리적 힘으로서의 시간이 의식의 근원임을 해명하려 한다. 인간의 이성적 시간의식이 자의식의 근원으로 규정된다면 그것은 개인으로 하여금 세계와 자신으로부터 그 자신을 소외시키고 안정감을 잃게 한다. 따라서 Darl의 시간에의 집착은 소외된 세계 속에서 개인적 안정을 되찾기 위한 필사적인 자아추구 노력의 일환으로 이해될 수 있다. 이러한 관점에서 Robert Hemenway는 *As I Lay Dying*의 테마와 관련하여 시간과 생명의 일치야말로 이 작품의 "the thematic center"(141)라고 단언한다. 결국 Darl에게 있어서 마차의 이동은 진행과는 무관한 듯한 인간 존재에게 미치는 시간의 가공할 위력으로 보인다. Darl이 마차의 이동, 다시 말해서 장례여행을 어떻게 해서든지 중단시키고자 안간힘을 쓰는 것도 사실은 이 때문이다.

Darl은 놀라운 투시적 통찰력을 갖고 있다. 그는 위에 인용한 첫 번째 독백에서 뒤따라오는 Jewel이 목화 창고 한쪽 문을 통해 성큼성큼 걸어 들어갔다가 다른 쪽 문으로 나간다고 상세하게 보고한다. 그런데 실제로 이 독백은 Darl이 Jewel보다 15피트나 앞서 걸으면서 뒤쪽을 돌아보지 않은 상태에서 나온 것이다. 또한 그는 두 번째 독백에서 아버지와 현관 근처에서 이야기를 나누는 동안에 헛간 뒤편 풀밭에서 Jewel이 말과 함께 노는 장면을 묘사한다. 그런가 하면 그는 어머니 Addie가 임종하는 순간에 집에서부터 3마일이나 떨어진 곳에 있으면서도 집안의 상황을 직접 두 눈으로 지켜보듯이 보고한다. 이런 현상들은 필경 Addie가 시간상의 장벽을 뛰어넘어 말하는 것과 마찬가지로 공간상의 장벽을 뛰어넘어 먼 곳에서 일어나는 일을 보고하는 비사실적인 능력이다.[4] Faulkner는 이 능력을 가리켜 일종의 "a trick, but …… a permissible trick"(*Faulkner in the University*

---

4) Kinney는 *Faulkner's Narrative Poetics*에서 이런 현상을 우리의 정신 기능 중 하나인 지각 작용 때문이라고 설명하고 있다(20). 즉 우리의 어느 장소를 평소에 잘 알고 있으면 직접 눈으로 쳐다보지 않을 때에도 "mind's eye"를 가지고 상상함으로써 그곳의 상황을 그려볼 수 있다는 것이다.

113)이라고 부르면서 효과적으로 말하기 위한 한 방편이라고 설명한다. 언뜻 보면 Faulkner가 관습적인 시점을 어긴 것을 독자가 쉽게 발견하기 때문에 *As I Lay Dying*의 서술은 실패한 것이라고 생각할 수도 있다. 그러나 Faulkner가 'trick'이란 말을 사실 같은 환상에 대한 규칙을 따르는가, 아니면 그 규칙을 깨뜨리는가 하는 기법을 기술하기 위해서 사용한다는 것이 매우 의미 있는 것 같다. 이런 의미에서 *As I Lay Dying*은 Faulkner 자신의 표현대로 기법이 완성한 작품, 즉 하나의 'tour de force' (Faulkner in the University 87)인 것이다.

사실상 목화 창고 안에 있거나 헛간 뒤편에 있는 Jewel을 꿰뚫어보는 Darl의 투시적 묘사는 Jewel에 대한 그의 강박적인 몰입을 나타내 준다. 실로 작품 전체에 걸쳐서 Jewel이 없다면 Darl의 비전이나 세계, 그리고 그의 삶 자체까지도 완전해질 수가 없다. 이와 마찬가지로 Addie의 죽음에 대한 Darl의 투시적 묘사는 그의 그녀에 대한 정신적 몰입을 입증해 준다. 다시 말해서 그의 몰입이 그녀의 죽음에 의해 해이해진 것이 아니라 강박적으로 더욱더 격렬해진 것임을 보여주는 것이다.

Darl은 한편으로는 전지적 내레이터처럼 시공을 초월하는 놀라운 투시력을 갖고 있는 반면에, 다른 한편으로는 도무지 믿을 수 없는 내레이터로서 그릇된 내용을 보고하기도 한다. 그는 처음에는 Jewel의 친 아버지가 Vernon Tull이라고 생각한다. 그래서 Darl은 Jewel과 Tull 사이에서 벌어지는 갈등 관계를 지나칠 정도로 상세하게 보고한다. 그 한 예로 어머니 관을 싣고 장례여행을 떠나기 위해 아버지가 Tull의 노새를 빌리는 게 어떠냐고 제안하자 Jewel은 민감하게 반응을 보이면서, "Ah, shut your goddam mouth"(17)라고 대꾸한다. 그런가 하면 홍수로 다리가 끊겨 Anse 일행의 마차가 강을 건너지 못하는 것을 보고 Tull이 그들에게 하루만 더 기다리면 물이 빠질 거라고 말하자, Jewel은 그를 향해 "Get to hell on back to your damn ploughing"(97) 이라고 소리치면서 화를 낸다. 그러나 우리는 점차로 Darl의 판단이 잘못된 것이라는 것을 깨닫게 된다. 그래서 오래지 않아 우리는 Tull이 Bundren 집 아이들에게 관심을 보이는 것은 자신이 Addie의 애인이기 때문이 아니라 아들 없는 동정심 많은 이웃이기 때문이라는 확신을 갖게 된다.

*As I Lay Dying*에서 Darl은 *Light in August*의 Joe Christmas처럼 존재의 수수께끼와 필사적인 투쟁을 벌인다. 그는 자기가 누군지도 모른다. 그야말로 "nobody's son"이다. 그러니 그 역시 "nobody"일 수밖에 없다. *Light in August*에서 Christmas에게 흑인 피가 중요하지 않은 것과 마찬가지로 "nobody"로서 Darl의 존재 문제는 생물학적이기보다는 심리학적이고 사회학적인 문제이다. 그래서 Darl의 관심은 언제나 존재(being)와 비존재(not-being) 사이에 경계를 설정하는 데 있다. 때때로 그는 자기 존재의 리얼리티마저 의심하기에 이른다. Darl의 존재 추구의 절박함은 몽상에 가까운 다음 독백에서 거의 광적으로 드러난다.

I don't know what I am. I don't know if I am or not. Jewel knows he is, because he does not know that he does not know whether he is or not. He cannot empty himself for sleep because he is not what he is and he is what he is not. Beyond the unlamped wall I can hear the rain shaping the wagon that is ours, the load that is no longer theirs that felled and sawed it nor yet theirs that bought it and which is not ours either, lie on our wagon though it does, since only the wind and the rain shape it only to Jewel and me, that are not asleep. And since sleep isis-not and wind are was, it is not. Yet, the wagon is, because when the wagon is was, Addie Bundren will not be. And Jewel is, so Addie Bundren must be. And then I must be, or I could not empty myself for sleep in a strange room. And so if I am not emptied yet, I am *is*.(65)

Darl의 이 독백은 "before you are emptied for sleep, what are you?"라는 질문에 대한 대답으로 만들어진 것인데, 실상 이것은 작가의 기본적인 존재론적 딜레마를 잘 규정해 주기 때문에 매우 중요한 대목으로 간주된다. 우리는 여기에서 Darl이 자신의 괴로운 논리에 의해 도달한 개인적 리얼리티에 대한 불확실성을 충분히 읽을 수 있다. Darl은 "I don't know what I am"이라는 표현에서 존재 상태, 즉 아이덴티티의 위기를 드러내 보인다. 그는 이어서 "I don't know if I am or not"이라는 독백 속에서 자기 존재의 불확실성을 분명히 인식한다. 그런데 Jewel의 경우는 이와 다르다. Jewel은 존재의 불확실성을 전혀 깨닫지 못한다. 그러기에 Jewel은 분명히 존재한다. 다만 그는 자신이 존재의 실체, 즉 존재의 확실성과 불확실성 자체를 모른다는 사실조차도 모르기 때문에 그의 존재는 자연 속에 한정된 것이다. 결과적으로 Jewel에게 있어서는 의식을 떠난 육체가 존재의 전부이다. 엄밀한 의미에서 보면 "he is not what he is"이다. Jewel은 어떤 점에서 인간적이지도 못하다. 왜냐하면 그는 "he is what he is not"이기 때문이다. Darl의 생각에는 Jewel이 자연, 구체적으로 말해서 육체라고 하는 한 수준에만 살기 때문에 잠을 자기 위해서 자신을 비우지 못한다. 잠자기 위해 비운다고 하는 것은 죽음의 과정과 유사한 과정이다. 잠이나 죽음이 똑같이 육체와 함께 의식의 "not to be" 상태이기 때문이다.

Darl은 아이덴티티를 특성으로 갖는 존재의 상태에 집착하다가, 이내 존재의 영역, 다시 말해서 존재의 시간적 한계에 의문을 제기하고 나선다. Jewel은 분명히 존재한다. Addie Bundren은 Jewel 속에 살아 있으므로 "must be"이다. 그렇다면 Darl 자신도 역시 "must be"일 수 있다. 그도 또한 Addie의 자식이자 Jewel의 형제이기 때문이다. Darl은 여기에서 Addie를 "is not"이나 "was"로 만들지 않고 "will not be"로 만든다. 이것은 바로 현재의 완전한 부정이나 완전한 과거가 현재의 어떤 것을 규정하는 데도 도움이 되지 못하기 때문이다. 현재성의 창조는 반드시 현재 속에서 이루어져야 한다. 그러기에 Darl은 〈마차〉를 "is"라고 전제하고 나서 그것의 존재를 형성해 주는 것들, 즉 〈비〉와 〈바람〉이 결코 완전한 과거의 힘일 수만은 없다고 강조한다. 이윽고 Darl은 "I am *is*"라는 의식 속에서 자기도 모르는 사이에 존재를 의식 자체로 규정해 버린다. 이것은 근본적으로 인간의 본질을 현재 시제 리얼리티인 "is"에 국한시키려는 시도로 해석된다. 아마도 인간의 가장 깊은 욕망은 영원한 "is"일 것이다. 실제로 Faulkner 자신도 한 인터뷰에서 "There is no such thing as *was*-only *is*"(Stein 82)라고 존재의 현재적 삶의 당위성을 강조한 바 있다.

　Darl이 위에서 다소 억지에 가까운 논법으로 얻어낸 결론 "I am *is*"는 그에게 확실한 존재의 만족감을 심어 주지는 못한다. 그것은 바로 그가 어머니 Addie와의 관계에서 결코 자기 존재의 확실성을 만족스럽게 확인하지 못했기 때문이다. 오히려 그는 자신의 텅 빈 존재를 채워줄 수 있는 어머니가 없다는 생각에서 존재 자체의 해체를 두려워하기에 이른다. 우리는 다음에 인용한 Vardaman의 독백 속에서, Darl이 Vardaman과 대화하는 가운데 〈무〉와 〈해체〉라는 개념에 집착하면서 존재의 위협으로부터 여전히 벗어나지 못하고 있음을 충분히 읽을 수 있다.

> "Jewel's mother is a horse," Darl said.
> "Then mine can be a fish, can't it, Darl?" I said.
> Jewel is my brother.
> "Then mine will have to be a horse, too." I said.
> "Why?" Darl said. "If pa is your pa, why does your ma have to be a horse just because Jewel's is?"
> "Why does it?" I said. "Why does it. Darl?"
> Darl is my brother.
> "Then what is your ma, Darl?" I said.
> "I haven't got ere one," Darl said. "Because if I had one, it is *was*. And if it is was, it can't be is. Can it?"
> "No," I said.
> "Then I am not," Darl said. "Am I?"

92

"No," I said.

I am. Darl is my brother.

"But you *are*, Darl," I said.

"I know it", Darl said. "That's why I am not *is*. *Are* is too many for one woman to foal."(79)

이상 Vardaman의 독백에서 Darl은 Addie의 죽음을 현실적으로 받아들이고 있다. 그러기에 Darl은 "if it is was, it can't be is"라고 단정한다. Darl이 Addie를 가리켜 비인칭대명사 "it"를 선택한 것은 우연이 아니다. 이것은 바로 Addie가 의식을 떠난 하나의 시체가 되었음을 의미하기 위한 것이다. 시체는 "is"였던 것의 흔적일 뿐, 어디까지나 "is-not"이다. 이에 Darl은 그것이 어머니의 대체물로 받아들여진 Jewel의 〈말〉(horse)이나 Vardaman의 〈물고기〉(fish)와 동등할 수 없음을 잘 알고 있다. 여기에서도 Darl은 역시 자신의 존재 탐구에 만족할 만한 해답을 얻지 못한다. 다만 그는 Addie가 "is-not"의 상태, 즉 돌이킬 수 없는 망각 속으로 들어갔다는 사실만은 확신하게 된 것이다. 결과적으로 Darl의 이와 같은 확신은 가족들이 불합리하게 고집하는 장례여행에 대한 불만으로 이어진다.

Darl은 Addie의 부패해 가는 시체를 무리하게 이동하는 것이야말로 인간과 신에게 똑같이 죄악이라고 생각한다. 그래서 Darl은 홍수로 범람한 강을 건너는 과정에서 관이 급류 속에 빠졌을 때도 애써 그것을 구하려 하지 않는다. 그런가 하면 관이 놓인 헛간에 불을 질러 아예 태워 없애려고까지 한다. 그러나 그때마다 번번이 Jewel이 뛰어들어 Addie의 관을 구해낸다. 홍수와 화재로부터 용감하게 Addie의 관을 구하는 Jewel의 존재는 오로지 Addie의 존재에 의해 한정되어 있다. 그러니까 Addie가 죽고 매장된 후에는 그의 존재는 전적으로 과거가 되고 만다. 이에 반해서 Darl의 존재는 그 존재를 돌파하고 나아가는 데 있다. 그런데 Darl이 이 일을 성공적으로 수행하지 못하게 되자 삶의 무의미성을 통렬히 느끼게 된다. Darl이 마침내 터득한 존재의 공허함은 다음 독백에서 아주 명백히 드러난다.

> How do our lives ravel out into the no-wind, no-sound, the weary gestures wearily recapitulant; echoes of old compulsions with no-hand on no-strings: in sunset we fall into furious attitudes, dead gestures of dolls.(164)

Darl은 공허하기 그지없는 장례의식(funeral rites)에서부터 그것이 삶의 무의미성을 보여주는 인생 전반에 걸친 일반적 공허감이라는 결론에 도달한다. 이러한 결론의 핵심은 바로 인간 존재의 방향 상실과 무의미의 반복이다. 구체적으로 말하자면 삶이란 단지 인형의 죽은 제스처에 불과한 것이다. 이런 의미에서 Darl이 도달한 결론 역시 본질적으로 Addie가 도달한 "living was terrible"의 또 다른 인식이라 할 수 있다. 그러기에 Darl은 무의미하고 고통스런 삶으로의 영원한 시간, 즉 죽음 속으로 사라지기를 갈망하면서, "It would be nice if you could just ravel out into time"(166)이라고 소리친다. 그의 절규는 극단적인 환멸과 함께 뚜렷한 광기의 기미를 띠고 있다.

*The Sound and the Fury*가 Benjy의 백치성을 통하여 그 집 안의 몰락을 측정하듯이, *As I Lay Dying*은 Darl의 내러티브 의식에 나타나는 점차적인 광기를 통해서 Addie의 실패를 측정한다. Darl은 여행 시작부터 이 여행의 불합리성과 어리석음을 간파한다. Addie의 관을 실은 마차가 출발하기 직전에 Darl이 혼자서 알 수 없는 웃음을 터뜨리는 것은 바로 이 때문이다. 이 웃음은 *As I Lay Dying*의 Tiresias인 Darl이 가족들의 자기 파괴적인 우행을 직시하고 있다는 증거인 것이다. 이어서 본의 아니게 여행에 참가한 Darl은 사방에서 〈무〉의 운명적 전조를 보게 된다. 그의 눈에 비치는 주위 세계는 온통 "a motion so soporific, so dreamlike as to be uninferant of progress"(83)처럼 보일 뿐이다. 그는 이와 같이 죽음의 황무지나 다름없는 환경의 불합리함을 도저히 참아내지 못하고 점점 더 거세게 반발심을 표명한다.

 Darl은 자기 광기의 깊숙한 곳에서부터 이 우주의 광기를 발견한다. 그리고 우리로 하여금 마찬가지로 그것을 인식하도록 유도한다. 그 광기의 인식은 곧 죽음의 인식으로서, Michel Foucault가 말하는 이른바 "le déjà-là mort"(the already-here of death)인 것이다(16). *As I Lay Dying*에서 광기와 죽음이라는 두 테마는 긴밀하게 상호 연관된다. 그리고 이것들은 두 명의 중요한 인물, 즉 Darl과 Addie에게서 구체화된다. 그러므로 이 소설에서 죽음의 테마로부터 광기의 테마로 이전하는 것은 주제상의 단절이 아니라 아주 자연스런 전이 현상인 것이다. 그런데 광기에 의해 나타나는 비정상성은 정상과 결코 반대되는 개념이 아니다. Bleikasten에 따르면 그 둘의 관계는 마치 상술한 바 있는 삶 —

죽음의 관계와 마찬가지로 자의적이다.

> Any boundary between sanity and insanity is arbitrary. In *As I Lay Dying* the two, like life and death, are so inextricably interwinded that distinction between them proves impossible. (*Faulkner's As I Lay Dying* 124)

불합리하기 짝이 없는 장례여행을 중단시키려는 Darl의 시도가 나머지 가족들에게는 오히려 광기의 확실한 증표로 받아들여지는 것은 아무리 보아도 아이러니컬하다. Darl이 기차를 타고 정신병 요양소가 있는 Jackson을 향해 끌려가면서 웃음과 함께 보여주는 마지막 독백은 이런 점에서 대단히 의미심장하다.

> Darl has gone to Jackson. They put him on the train, laughing, down the long car laughing, the heads turning like the heads of owls when he passed. "What are you laughing at?" I said.
> "Yes yes yes yes yes ⋯⋯
> Darl is our brother, our brother Darl. Our brother Darl in a cage in Jackson where, his grimed hands lying light in the quiet interstices, looking out he foams.
> "yes yes yes yes yes yes yes yes." (202-203)

위 장면에 나타난 Darl의 〈웃음〉[5]은 여행 출발 때의 웃음과

---

5) Bleikasten에 따르면 Darl의 〈웃음〉의 의미를 최초로 분석한 비평은 John K. Simon의 "What Are You Laughing at, Darl?: Madness and Humor in *As I Lay Dying*"(*Faulkner's As I Lay Dying* 161-62)이다.

마찬가지로 분명히 이 세상 사람들의 합리적인 이성에 도전하는 것이다. 그렇지만 엄밀한 의미에서 이 웃음은 앞서의 웃음과는 또 다른 의미를 함축하고 있다. 여행이 시작되기 전에 Darl이 웃은 것은 앞으로 이어질 여행의 불합리함과 삶의 무의미함을 미리 예견한 증표였다고 할 수 있다. 이에 반해서 여행을 다 마친 뒤에 Darl이 "yes yes yes ……"라는 독백과 함께 드러내 보이는 웃음은 마침내 존재 일반의 부조리를 확인한 증표인 것이다. 이런 관점에서 볼 때 Darl의 마지막 웃음은 소름끼치는 괴로운 고뇌와 함께 평화와 긍정의 기미마저 띤다.

부조리주의자로서 존재 자체의 불합리성을 확인한 Darl의 웃음은 결국 Sartre의 『구토』에 나오는 Roquentin의 구토와 마찬가지로 부조리한 상황 속에서 자기만이 지각한 자유의 인식이라 할 수 있다. 이 두 사람은 각자 자기의 내적 에너지를 정당하게 발산할 객관적 여건을 얻지 못하여 마침내 자기 〈에고〉 안에 칩거할 수밖에 없는 불안한 내면의 모습을 각각 웃음과 구토로 표현하는 것이다. 그러므로 이들과 같은 비극적 주인공들의 반항과 투쟁은 자유의 표명으로 해석될 수밖에 없다. 여태껏 Darl이 추구해 온 것은 개인적이고 자기 결정적인 선택의 수준에서 살고자 하는 조건 없는 자유의 인식이었다. 결과적으로 Darl은 "Do I exist?"라는 존재의 딜레마에 부딪쳐서 반항과 투쟁을 계속하다가 Jackson으로 향하는 기차 안에서 "yes yes yes ……"라는 명확한 해답을 찾아낸 것이다. 이 "yes"의 반복적 표현은 확신에 찬 자유의 표명이자, "our brother"의 확인이다.6) 이것은 Irving Howe에 따르면 "a last,

---

6) 실제로 Darl은 내면독백을 통해 복수대명사 "we", "us", "our"란 표현

pathetic effort to proclaim his brotherhood" (182)를 상징적으로 나타내 준다. 그런가 하면 이것은 존재의 부정성을 가리키는 "no"의 강력하고도 아이러닉한 표명으로 받아들여질 수도 있을 것이다.

Darl 자신은 마지막에 웃음 섞인 "yes"의 반복적인 표현 속에서 자신의 비정상성, 즉 광기를 편안한 마음으로 받아들일 수 있게 된다. 반면에, 나머지 가족들은 그것을 근거로 해서 Darl을 미쳤다고 쉽게 단정해 버리고 편안한 마음으로 새로운 삶의 정상적 궤도로 되돌아갈 수 있게 된다. 결과적으로 *As I Lay Dying*은 Darl의 마지막 웃음으로 질서를 회복하는 셈이다. 이것은 *The Sound and the Fury*가 마지막에 Benjy의 울음으로 질서를 회복하는 것과 묘한 대비를 이룬다. 이런 점에서 Bleikasten은 *The Sound and the Fury*를 가리켜 "a tale told by an idiot, full of sound and the fury"라고 할 때, *As I Lay Dying*은 "a tale of madman told by madman"(*Faulkner's As I Lay Dying* 123)이라고 매우 적절하게 결론을 내려 준다.

Darl의 광기는 마침내 자기 자신을 포함해서 누구도 부정할 수 없는 현실이 되고 만다. 그래서 Darl의 〈제2의 자아〉(second self)는 마지막에 "Darl has gone to Jackson"이라고 우리에게 말해 준다. 이것은 극도의 자기 소외를 표현한 것으로 그가 가정과

을 많이 사용하고 있는데, Fowler에 따르면 이러한 표현이 작품 전체에 걸쳐 열다섯 번 이상 나타나 있다(26). 이것은 근본적으로 Darl이 자기 자신의 존재를 다른 사람과 관련시켜 규정하려는 노력의 일환으로 보인다. Fowler는 이 말이 곧 "belief in human brotherhood"의 표명으로서 후에 Faulkner의 인간에 대한 성숙하고 희망적인 비전의 형성에 매우 중요한 역할을 한다고 설명해 준다(26).

사회 안에서 존재의 합당한 자리를 발견하지 못했음을 분명히 드러내 준다. 그런가 하면 여기에서 제2의 자아는 따지고 보면 여태껏 그와 함께 머나 먼 여행을 동행해 온 독자의 시점과 일치한다고 볼 수 있다. 그러기에 그 자아는 독자를 대신해서 웃고 있는 다른 자아를 향해 "What are you laughing at?"라고 질문을 던지는 것이다. 결국에 Darl은 자신을 제3의 대상으로 바라봄으로써 자아의 최후 파멸을 자신의 숙명으로 받아들인다. Addie가 삶의 활력을 추구하기 위해 부패와 죽음을 포용하듯이 Darl은 자신의 존재 추구를 위해 광기와 파멸을 기꺼이 받아들이는 것이다. 그러므로 Darl의 비극적 운명은 근본적으로 부패해 가는 Addie 시체의 운명과 아주 비슷한 과정을 겪게 되어 있다. Arthur Kinney는 바로 이 점에 착안해서 두 운명 간의 평행 관계를 지적해 낸다(167). Addie의 장례여행은 존재의 죽음이라는 크나큰 희생을 Darl에게 요구함으로써 결과적으로 Darl의 의식 자체는 고유한 아이덴티티를 바탕으로 한 자기 존재를 추구하는 과정에서 추상적이며 구체화되지 않은 존재의 수수께끼를 향해 결실 없는 의문을 던지는 것으로 끝나고 만다.

작품의 구성에서 전체 59개 장 가운데 19개 장이 Darl의 독백에 할애된 것을 보아도 Addie의 죽음으로 인해 그가 받은 충격의 강도와 함께 고뇌와 혼란으로 가득한 그의 의식을 짐작해 볼 수 있다. 어떤 점에서 보면, *As I Lay Dying*은 가장 복잡한 의식을 가진 Darl의 "autobiography of consciousness"(Kinney 163)라고 할 수 있다. 그러기에 Slatoff 같은 비평가는 Darl에 대한 이해가 곧 이 소설을 이해하는 첩경이라고 강조한다(164).

40마일의 길을 통한 장례여행을 라이트모티프로 갖는 *As I Lay Dying*의 행동 자체는 위에서 드러난 대로 아주 단순하고도 평이하다. 다만 두 개의 재난인 〈홍수〉와 〈화재〉가 큰 사건이다. Faulkner는 여러 작품 속에서 인간이 참아낼 수 있는 것과 성취해낼 수 있는 것에 대해 유달리 관심을 표명하고 있다. 필경 Faulkner는 *As I Lay Dying*에서도 Bundren 가족의 장례여행을 통해 고통과 인내를 행동으로 실천하는 인간의 능력을 시험해 보고자 하는 것이다. 이것은 *As I Lay Dying*의 창작 동기에 관해 Faulkner 자신이 Bundren 가족에게 "two greatest catastrophes which man can suffer--flood and fire"(*Faulkner in the University* 87)의 시련을 겪게 하려 했다는 고백으로 더욱 명백해진다. Faulkner의 고백은 또한 *As I Lay Dying*이 일련의 험난한 모험과 그것의 극복이라는 점에서 영웅주의를 바탕으로 한 전통적 서사시나 로맨스의 구조를 갖고 있음을 시사해 준다. Backman도 *Faulkner: The Major Years*에서 "The backbone of the story is the journey: its climaxes are the river and the fire scenes"(53)라고 논평함으로써 이 점을 뒷받침해 주고 있다. 이러한 관점에 비추어 보면, 험난한 재난을 용기와 인내로 이겨내는 Bundren 가족들이야말로 영웅적 기질을 유감없이 발휘하는 서사시나 로맨스의 영웅들이라고 분명히 말할 수 있을 것이다.

일찍이 Cleanth Brooks는 *As I Lay Dying*을 Homer의 *Odyssey*와 같은 서사시로 규정하고 작품 속에 나타난 가족 구성원들의 영웅적 행위들을 그 증거로서 제시한 바 있다(*Yoknapatawpha Country* 141-66). Brooks에 따르면 영웅적 행위란 반드시 "obvious violation of common sense"(141)를 포함하기 마련이다. 실제로 Bundren 일행의 장례여행은 일반적인 사고를 가진 사람들로서는 도저히 납득하기 어려운 그야말로 상식을 파괴하는 어처구니없는 "mock-heroic attitude"(Brooks, *Yoknapatawpha Country* 141)이다. 이런 의미에서 *As I Lay Dying*의 주요 테마는 "the nature of the heroic deed"(Brooks, *Yoknapatawpha Country* 142-43)라고 할 만하다. 또한 Robert Penn Warren도 이 작품의 기본 바탕을 "the heroic efforts of the Bundren family to fulfil the promise to the dead mother"(119)라고 강조함으로써 결과적으로 Brooks의 주장에 동의한다.

한편, Elizabeth M. Kerr는 *As I Lay Dying*을 서사시라기보다는 일종의 "an ironic inversion of the quest romance"(230-31)로 간주한다. Kerr는 작품 속에서 인물들이 성취하고자 하는 소망들과 7월이라는 행동의 시간을 Northrop Frye가 "nearest of all literary forms to the wish-fulfilment dream"이라고 묘사한 바 있는 "Myths of Summer: Romance"에 대비시킴으로써 *As I Lay Dying*을 로맨스의 장르에 귀속시켜 해석한다(130-43).

*As I Lay Dying*을 이와 같이 영웅서사시나 로맨스의 변형으로 보게 되면 작품의 주인공은 Jewel이 될 수밖에 없다. 실로 그는 부단한 인내와 용기를 가지고 이성과 상식을 뛰어넘는 영웅주의를 진정으로 보여 준다. 그의 영웅주의는 일행이 급류를 건너다가 잃어버린 Addie의 관을 구해내는 장면에서 여실히 드러난다. 가까운 이웃인 Vernon Tull은 이 극적인 장면을 아주 사실적으로 보고한다.

Then the wagon tilted over and then it and Jewel and the horse was all mixed up together. Cash went outen sight, still holding the coffin braced, and then I couldn't tell anything for the horse lunging and splashing. I thought that Cash had given up then and was swimming for it and I was yelling at Jewel to come on back and then all of a sudden him and the horse went under too and l thought they was all going ……

So I went down into the water so l could still keep some kind of grip in the mud, when I saw Jewel. He was middle deep, so I knew he was on the ford, anyway, leaning hard upstream, and then I see the rope, and then l see the water building up where he was holding the wagon snubbed just below the ford.(122-23)

죽음을 무릅쓰고 어머니의 관을 물에서 구한 Jewel은 임시로 관을 안치한 Gillespie 집 헛간에 불이 나자 용감히 뛰어들어 관을 구해낸다. 그런가 하면 Jewel은 강을 건너다 희생된 노새 대신에 마차를 끌 새 노새를 사기 위해 자기 혼자 애써 벌어 마련한 한 필의 말을 포기하기까지 한다.

Jewel은 어머니 Addie와 마찬가지로 입으로 하는 말보다는 언제나 행동으로 실천하는 인물이다. Addie의 시체는 곧 어머니 자신이므로 Jewel에게 있어서 그것 자체는 이미 모험과 희생의 가치를 충분히 지니는 것이다. 그는 어떤 보상도 원치 않고 오직 어머니의 소망을 실현시키고자 노력할 뿐이다. 그에게 있어서 장례여행의 유일한 목적은 어머니의 구원인데, 그것은 바로 어머니의 시체를 Jefferson에 있는 그녀의 가족묘지까지 성공적으로 싣고 가서 안장하는 것이다. Jewel은 그야말로 로맨스의 백마 탄 기사처럼 사랑하는 어머니의 시체를 소망의 땅에 묻기 위해 물이나 불과 같은 온갖 역경을 무릅쓴다.

반면에, Darl은 Jewel과 비교해 볼 때 전연 영웅적이지 못하다. 장례여행을 어떻게 해서든지 중단시키려고 시도하는 것을 보아도 그의 역할은 Brooks의 주장대로 "the antiheroic intelligence"(*Yoknapatawpha Country* 145)이거나, Bleikasten의 논평대로 "the peripheral role of narrator"(*Faulkner's As I Lay Dying* 46)임이 분명하다. Darl은 그야말로 "unheroic spectator-antagonist to the Bundren family mission"(Backman, "Addie Bundren" 13)이다. 그는 위에서 언급한 대로 Addie의 관이 강에서 급류 속에 휩쓸려 들어갔을 때도 그것을 구하려 하지 않는 것은 물론이고, Gillespie 집 헛간에 놓아둔 관을 태우기 위해 고의로 불을 지르기까지 한다. Cora는 남편 Tull로부터 Darl이 강을 건널 때 마차에서 뛰어내렸다는 말을 듣고 니서 Darl의 반영웅적 성격을 단적으로 규정한다. 그녀는 Darl이 급류 속에서 마차가 뒤집힐 때 그 마차에서 뛰어내릴 만큼 지각이 있다고 말한다(121). 이것은 바꾸어 말하면 Darl이 이성에 따른 상식을 가진 보통 사람이라는 의미이다.

Darl의 끈질긴 저지 노력과 주변 사람들의 만류와 비난에도 불구하고 Jefferson까지의 물리적 여행은 결코 중단되지 않고 40마일이란 먼 길을 통하여 꾸준히 이어진다. 일행이 길을 가면 갈수록 말똥가리들이 관 주변을 맴돌면서 더욱더 극성을 부린다. 그런가 하면 시간이 갈수록 부패한 시체 냄새가 점점 더 강하게 코를 찌르면서 그들이 아직도 길을 가고 있음을 끊임없이 상기시켜 준다. 마침내 Addie의 시체는 Jefferson 가족묘지에 안장되고, Darl이 정신병 요양소를 향해 철길을 따라가는 가운데 나머지 가족들은 집으로 되돌아갈 채비를 한다.

*As I Lay Dying*의 결말은 이미 위에서 지적한 바 있는 Jewel의 영웅주의적인 행동의 결과로 로맨스나 희극적 서사시의 경우처럼 표면적으로는 행복한 사회 속에서 잘 만들어진 희극의 결말, 구체적으로 말해서 〈결혼〉으로 끝난다. Wesley Morris는 이 내러티브가 마지막에 가서 새 인물을 도입하여 서둘러 종결하는 것은 아무래도 언어도단이라고 주장한다(150). 비록 앞에서 약간의 힌트가 있었다고는 하지만 결말이 분명히 "a deus ex machina"에 의존하고 있기 때문이다.

사실상 Darl을 제외한 가족 구성원 모두는 작품의 결말과 함께 나름대로 소기의 목적을 달성하고 있다. 이에 우리는 *As I Lay Dying*의 결말에서 Darl을 제외한 Bundren 가족 모두가 "Second chance"를 맞는다는 느낌을 받는다(Powers 71). 그렇지만 Bundren 가족이 새롭게 이룩한 세계 속의 "Second Chance"는 매우 반어적인 일면을 갖는다. 왜냐하면 그것은 그들이 똑같은 우행을 단지 되풀이할 기회 이상을 의미하지 못하기 때문이다. Bundren 가족의 장례여행이 표면적인 마차 여행으로 끝나지 않고 인간 내면의 심리 여행으로 발전해야 할 필요성이 바로 여기에 있는 것이다.

*As I Lay Dying*의 구성은 다양한 의식들이 여행에 관해 보고함으로써 여행이란 모티프가 작용하여 어느 정도의 통일성을 도모한다고는 하지만, 그래도 여전히 더할 나위 없이 산만하게 보인다. 그렇다면 이 복잡한 의식들이 집결하는 최종적인 종착점은

어디인가? 그것은 어디까지나 독자의 구성적 의식일 수밖에 없다. *The Sound and the fury*에서 독자가 쉽게 내레이터들의 의식들의 흐름 속에 몰입할 수 있었던 것과는 달리 *As I Lay Dying*은 무려 열다섯 명의 의식들에 의해 파편화되어서 그 흐름 속에 독자가 깊숙이 참여한다는 것은 사실상 불가능하다. 이 소설의 쪼개진 구성으로 인해 독자는 참여자라기보다는 차라리 목격자의 위치에 있게 된다. 그럼에도 불구하고 독자의 구성적 의식으로 인해 이 소설은 통합된 구조를 갖는다. 특히 Addie가 복잡하게 얽힌 작품의 중심에서 여러 의식들을 시종일관 통제함으로써 독자의 의식 형성에 도움을 준다. 게다가 Darl의 의식이 비교적 일관성 있게 전개됨으로써 그의 점차적인 분열적 비전을 중심으로 독자의 구성적 의식이 명확한 방향을 설정하게 된다. 독자의 구성적 의식이 주로 나아가는 것은 그의 괴롭고 왜곡된 비전을 통해서이다. 그러니까 Darl의 통찰력이 Addie의 통찰력과 결합하여 독자의 구성적 의식을 도와주는 셈이다.

독자의 구성적 의식을 위해 Faulkner는 저자를 대신한 내레이터 Darl의 의식에 대한 독자의 확인적 시점을 필요로 한다. *As I Lay Dying*이 Addie, Darl(그리고 Jewel)과 같은 인물들의 주도적인 독백 외에도 여러 소인물들의 의식들을 중요한 구성 요소로 갖는 것도 사실은 이 때문이다. 실제로 Faulkner는 Bundren 가족들의 의식을 통해 그 집안의 문제를 다루면서도 외부인들의 의식을 아주 효과적으로 이용한다.

Anse 일행의 장례여행은 가는 곳마다 외부인들에게 심한 분노의 대상이 된다. 실제로 무더운 여름철의 장례여행은 상식적으로 보아도 험난한 고행 길의 연속이 될 게 뻔하다. 뜨거운 날씨에 시체를 마차 위에 싣고 무려 40마일의 길을 간다는 것은 정상적인 사고를 가지고는 도무지 납득하기 힘든 일이다. 더구나 강을 건널 때 관이 물에 흠뻑 젖자 이후부터는 시체의 부패 속도가 더욱더 빨라진다. 이에 따라 외부인들은 Anse 일행의 비상식적인 모험을 보고 충격과 함께 전율을 느끼기까지 한다. 결과적으로 외부인들의 눈에는 이 장례여행이 영웅적 행위로 보이지 않고 오히려 폭력으로까지 보인다. Lula Armstid 부인은 이를 가리켜 "a outrage"라고 단정하고서, "He [Anse] should be lawed for treating her so"(148)라고 절규하며 몸서리친다. 또한 Rachel Samson 부인도 Anse 일행의 장례행렬을 보고 "It's a outrage"라고 소리치고 나서, 남편과 Anse를 포함하여 세상 모든 남자들을 향해 저주를 퍼붓는다(90).

그런가 하면 Bundren 집안의 이웃인 Cora Tull은 Anse가 신성모독적 행위인 "flouting the will of God"(21)을 저지르고 있다고 믿기까지 한다. 물론 이 같은 외부인들의 분개가 오직 여성들에게만 국한된 것은 아니다. 한 예로 Samson은 시체를 끌고 다니는 Anse 일행을 아주 못마땅해 하면서 비난한다(89). 또한 Vernon Tull도 Anse 일행이 Addie에 대한 약속을 실천하는 것과는 다른 극히 사사로운 여행 동기를 갖고 있음을 간파하고 나서 내심으로 그들을 비아냥거린다(109-10).

이 외부인들은 개인이 아니라 하나의 단체로서 Bundren 가족이 속한 지역사회를 대표한다. 다시 말하면 지역사회의 대변인들인 셈이다. 그러니까 이들은 *Light in August*의 마지막 장에 나오는 가구상과 마찬가지로 확인적 시점에 대한 독자의 욕구를 충족시키기 위해 Faulkner가 도입한 증인들인 것이다.

*As I Lay Dying*은 표면적으로는 전통적 소설에서 절대적 존재인 작가의 개입 없이 인물들의 목소리들로 하여금 직접 사건을 보고하게 하고 있다. 분명히 Faulkner는 전지적인 소설가의 특권을 포기하고 인물들 뒤편으로 물러나 독자와 같이 그들의 이야기를 듣는 체하면서 그들로 하여금 자기 이야기를 하게 한다. 이러한 점에서, Bleikasten은 작가의 자기 감추기는 다만 "a clever pretense"일 뿐이라고 전제하고 나서 극단적인 복합시점이 결국에는 "omniscience in disguise"(*Faulkner's As I Lay Dying* 64)가 아니겠느냐고 반문한다. 요컨대, *As I Lay Dying*에서 독자와 함께 숨어버린 전지적 작가를 함축적으로 내포하는 복합시점이야말로 최종적으로는 독자의 시점과 일치한다고 단정할 수 있는 것이다.

Ⅳ. *Absalom, Absalom!*: 위대한 설계

Faulkner의 *Absalom, Absalom!*은 "something to say about its own narration"(McPherson 431)을 구조 원리로 갖는 또 하나의 특이한 소설이다. 두 가닥의 플롯이 작품 표면상에 평행으로 전개된다. 하나는 19세기 Thomas Sutpen이라는 한 남부인의 성공과 몰락 이야기(story)이고, 다른 하나는 그 이야기를 전달하기 위한 20세기 내레이터들,[1] 혹은 이야기꾼들(storytellers), 즉 Rosa Coldfield, Mr. Compson, Quentin Compson, Shreve McCannon의 이야기하기(storytelling)이다. 이 두 플롯은 시종일관 상호간에 미스터리를 만들어 가면서 독자적으로 전개되다가, 결국에는 합쳐져 하나의 통일된 전체를 형성한다. *Absalom, Absalom!*을 굳이 전통적 기준에 따라 하나의 유기체로 본다고 한다면, Sutpen 플롯은 테마 중심의 표현이라고 할 때, 이야기꾼들, 특히 중심적 이야기꾼인 Quentin의 플롯은 기교 중심의 표현이라고 할 수 있다. 일찍이 John E. Bassett는 기본적으로 *Absalom, Absalom!*에 가해지는 비평적 관심을 테마와 기교라는 두 가지 범주로 크게 나눈 바 있다.

---

1) *Absalom, Absalom!*에서 네 명의 내레이터들은 엄밀히 말해서 제2의 행위자이다. 어디까지나 제1의 행위자는 소설 속에서의 서술이 시작되기 이전에 내러티브를 처음으로 시작하는 익명의 내레이터로서 따지고 보면 작가인 Faulkner 자신이라 할 수 있다.

Critical commentary on *Absalom, Absalom!* falls into two major categories-one focusing on the nineteenth-century story of Thomas Sutpen and the other emphasizing the twenty-century dilemma of Quentin Compson. The first is concerned with social themes, myth and legend, tragic form, and character; the second deals with narrative techniques, epistemological issues, and the novel's connection, through Quentin Compson, to *The Sound and the Fury.*(125)

Thomas Sutpen은 남북전쟁 전 Old South의 전설적 인물이다. 그의 일생에 대해서는 General Compson으로부터 전해져서 Mr. Compson의 재해석을 거쳐 Quentin에게 전달된 이야기와, Miss Rosa로부터 Quentin에게 전달된 이야기에 의해서 대체적인 사실의 윤곽을 잡을 수 있을 따름이다. Sutpen은 전형적인 Horatio Alger식 모델로서 거대한 저택과 백인왕국 건설이라는 〈거대한 계획〉(grand design)을 수립해 놓고 그 성취를 위해 온갖 정열을 쏟는다. 이 과정에서 Sutpen은 때로는 사회적 규범의 강한 저항을 받기도 하고 때로는 환경적 장애에 부딪치기도 한다. 그럼에도 불구하고 그의 꿈은 마침내 성취될 지경에까지 이른다. 그러나 마지막 단계에 이르러서 그의 아들 Henry가 이복형인 Charles Bon을 죽이고, Sutpen 자신도 끝내는 하인인 Wash Jones의 낫에 찔려 죽음으로써 그 꿈은 산산이 부서지고 만다.

이러한 Sutpen의 전설을 네 명의 이야기꾼들이 각자 나름대로의 관점으로 조명하여 그럴듯한 경험의 세계를 세우고자 한다. 그들은 각자 큰 저택이 아니라 하나의 내러티브를 구성하기 위해 노력한다. 따라서 내러티브 자체가 나선형으로 둘둘 말려 있는데다가 결론이라 할 관점 또한 어느 곳에도 나타나지 않는다. 이런 점에서 *Absalom, Absalom!*은 내러티브 전개의 일환인 이야기하기에 관한 소설임에 틀림없다. 이 때문에 Faulkner 평자들은 이 소설을 가리켜 "narrative within narrative, circle within circle …… a novel of self-incarcerations"(Kinney 195), "a narrative about narrative"(Reed 147), 혹은 "a self-reflexive text meditating upon its own processes"(Sherry 49)라고 부른다. 실로 *Absalom, Absalom!*은 내러티브 기법 문제를 중요한 주제로 전개하는 작품이라 할 수 있다. Sutpen 이야기는 작품 속에서 말해지는 또 다른 여러 이야기들이 정렬될 수 있도록 축을 형성해 준다. Sutpen 이야기는 General Compson으로부터 그의 아들인 Mr. Compson, 그리고 손자인 Quentin과 이방인인 Shreve에 이르는 과정에서 더욱더 길어지고 복잡해신다. 그들 각자 수수께끼 같은 내용을 나름대로 해석하여 다시 이야기하다 보니 자연히 그렇게 되고 만다. 그러므로 Sutpen 이야기는 그것을 말하고 전달해 주는 내레이터들의 내러티브 속에서만 존재하는 것이다. 그들이 내러티브를 구성하려는 노력은 따지고 보면 해석과 발견의 과정이다. 이야기꾼들에 의한 상상의 해석적 작용은 어찌 보면 역사의 재구성이라 할 수 있다. 서술의 반복 재생과 전후를 자유자재로 이동하는 시간의 특성으로 미루어 볼 때, Faulkner가 Sutpen의 일생을 무대로 삼은 것은 사실이지만 그것은 보다 더 큰 것에의 투시, 즉 과거의 현재 재현을 위한 것임을 알 수 있다.

네 명의 이야기꾼 가운데 Rosa Coldfield는 유일하게 Sutpen 이야기 속에 몸소 참여했던 인물이다. 그녀는 Sutpen으로부터 직접적으로 피해를 당한 당사자이다. 이로 인해 그녀가 들려주는 이야기는 다른 이야기꾼들의 것보다 객관적이거나 체계적이지 못한 점이 특징이다. 이에 반해 그녀가 그려내는 Sutpen 이야기에는 호소력 있는 생동감과 함께 현실감이 넘친다. 따라서 우리는 Miss Rosa의 이야기를 Quentin과 함께 듣는 동안 그녀가 43년간 시종일관 증오해 온 Sutpen의 악마적 모습을 그려나가게 된다. 아울러 우리 독자의 구성적 의식은 왜곡·편견·아집에 사로잡힌 그녀의 실체를 확인할 수 있게 된다. *Absalom, Absalom!*은 어떤 의미에서 Miss Rosa의 이야기라 할 수 있다. Deborah L. Clarke에 따르면 Rosa의 서술이야말로 사실상 "the cornerstone on which the whole tale rests"(68)이다. 다만 그녀의 진술이, 그녀 자신의 인권을 짓밟으면서까지 섬뜩한 청혼을 해 온 Sutpen에 대해 오래도록 품어온 편견과 증오심으로 인해 우리의 관심을 소설의 핵심으로부터 산만하게 흩뜨려 놓는 것도 사실이다. 그녀가 이 소설을 시작하는 익명의 내레이터에 이어 맨 먼저 소개되는 등장인물이자 내레이터임에는 틀림없다. 그렇지만 전체 아홉 개 장 가운데 두 개 장만이 그녀에게 배정되었다. 그나마 첫 번째 장은 Quentin의 의식을 통해 전달된다.

*Absalom, Absalom!*은 뒤에 가서 보다 더 구체적으로 다루겠지만 어찌 보면 Quentin이 Sutpen 이야기에 호기심을 갖고 점점 더 깊이 심취되어 가는 과정의 이야기라 할 수 있다. Quentin의 호기심은 처음에 Miss Rosa에게서부터 생겨난다. 작품 서두에서

Miss Rosa는 Quentin을 선택하여 그에게 Sutpen 전설을 들려주고 함께 Sutpen 장원(Sutpen's Hundred)을 방문하고자 한다. 그녀가 Quentin에게 이야기하려는 일차적 목표는 다른 무엇보다도 이야기하는 행위 그 자체이다. 그것은 오랫동안 참아온 눈물을 쏟아내는 것과 같은 본능적이고 생리적인 욕구로부터 나온 것이다. 그녀는 극도로 단절되고 궁핍한 생활을 영위해 왔으나, 자신이 그토록 오래 가슴에 묻어 두었던 이야기를 하고 싶은 욕망을 억누르지는 못한다. 이에 Quentin은 Miss Rosa가 자기에게 굳이 이야기하려는 진의가 청자인 자기 자신을 위해서라기보다 단지 그녀의 말하고 싶은 충동에 있다고 생각하면서, "*It's because she wants it told*"(10)라는 확신을 갖게 된다. 그녀의 이야기는 Sutpen으로부터 받은 충격적인 모욕감에 대한 증오심이 쌓이고 또 쌓인 결과로부터 나온 것이어서 다분히 감정적이고 주관적인 것이 사실이다. 이것을 그녀 자신이 누구보다도 잘 알고 있기에 그녀는 자기 이야기의 조정자로서, 그리고 그 이야기의 완성자로서, 보다 더 객관적이고 영특한 젊은이를 필요로 하게 된 것이다. 여기서 Miss Rosa는 Sutpen 전설이 바로 Quentin을 통하여 글로 쓰여지기를 원한다는 결론이 나온다. 그러나 Miss Rosa가 Sutpen 전설을 누군가에게 들려주고 그에 의해 글로 쓰여서 책으로 나오기만을 바란 것뿐이라면, 그런 정도는 그녀 자신이 충분히 할 수 있는 일이었다. 왜냐하면 그녀는 이미 지방신문에 각종 시를 발표하는 등 문학적 자질을 공적으로 인정받은 여류시인일 뿐만 아니라, 작가로서 불굴의 집념도 갖고 있기 때문이다. 그렇지만 그녀는 자신에게 평생토록 잊을 수 없는 치욕감을 안

겨준 Sutpen에 관한 한, 결코 객관적이거나 합리적이 될 수 없
다는 이야기꾼으로서의 한계를, 작품 곳곳에서 개입하는 익명의
내레이터만큼이나 잘 깨닫고 있는 터이다. 따라서 그녀를 떠난
이야기는 이제 더 이상 그녀의 것이 아니라 Quentin의 이야기가
된다. 이로써 Quentin이 작가의 통제력을 갖고, Sutpen 이야기의
의미를 재구성, 재해석하여 그 자신의 서술로서 완결시킬 수 있
게 된다.

　Quentin이 내러티브의 주도권을 인계 받은 것은 사실이지만
이 소설을 설계하는 전체적인 틀은 여전히 Rosa의 이야기이다.
사실상 소설의 포문을 처음으로 여는 것도 그녀의 내러티브이다.
그런가 하면 Sutpen 전설의 결과를 Quentin에게 특징적으로 나
타내 주는 것 또한 그녀의 마지막 행동과 그녀의 죽음이다. 실로
그녀의 자극이 없다고 한다면 Sutpen 전설에 대한 더 이상의 서
술이나 창조는 나오지 못할 것이다. 비록 우리가 Quentin의 서술
을 중심으로 책을 읽어 가는 도중에 Rosa의 관심을 애써 외면하
려 해도 그녀의 영향을 피할 길은 없다. 유령과 악마들을 대동한
그녀 서술의 시작이 너무나도 우리의 상상을 압도해서 그것이
소설의 나머지를 모두 채색하기 때문이다. 우리는 작품 서두에서
가장 복잡한 여성, 그녀 스스로 말하는 이야기만큼이나 기이한
여성인 Miss Rosa를 만나게 된다. 그녀는 1909년 무더운 어느
여름날 오후, 퀴퀴한 죽음의 냄새가 물씬 배고 전연 환기가 되지
않는 답답한 방에 앉아서 이야기하기를 시작할 태세이다.

　　From a little after two oclock until almost sundown of the long

still hot weary dead September afternoon they sat in what Miss
Coldfield still called the office because her father had called it
that-a dim hot airless room with the blinds all closed and
fastened for forty-three summers because when she was a girl
someone had believed that light and moving air carried heat and
that dark was always cooler, and which(as the sun shone fuller
and fuller on that side of the house) became latticed with yellow
slashes full of dust motes which Quentin thought of as being
flecks of the dead old dried paint itself blown inward from the
scaling blinds as wind might have blown them …… the
long-dead object of her impotent yet indomitable frustration
would appear, as though by outraged recapitulation evoked, quiet
inattentive and harmless, out of the biding and dreamy and
victorious dust.(7-8)

*Absalom, Absalom!*의 첫대목은 그야말로 괴기스럽고 섬뜩한
인상을 우리에게 심어준다. 위 인용문에서 "dead", "scaling",
"dry"와 같은 말들이 결합해서 Miss Rosa를 "a prime example
of the ghost-type woman"(Muhlenfeld 250)으로 만들어 주는
게 사실이다. 첫 장면에서 Quentin과 마주 앉은 Miss Rosa는 자
기의 목소리를 상실한 채 "notlanguage"로 말하기 때문에 필경
Quentin에게, 아니 우리 독자에게까지 영락없이 하나의 유령처럼
보인다. Rosa와 같은 남부 여성들이 유령으로 변모한 과정을
Mr. Compson은 다음과 같이 간략하게 진단한다.

"Years ago we in the South made our women into ladies.

Then the War came and made the ladies into ghosts. So what else can we do, being gentlemen, but listen to them being ghosts?"(12)

가부장적인 권위주의 사회에서 과거 남부는 남성 우위의 지배적인 계급 체계를 고수해 왔다. 남부의 전통적인 가부장제하에서 남성들은 여성들의 보호자로 간주되어졌다. 여성들을 숙녀로 만들어 준 것도 실상은 보호자인 남성들이었다. 그러다가 패전의 여파로 남부의 계급조직과 기사도가 붕괴함으로써 숙녀들은 신사가 떠맡아야 할 유령으로 전락하고 말았다. 위 인용문에서 Mr. Compson은 여성의 원동력인 남성들이 일단 전쟁에서 패망하여 실체를 상실함에 따라 그들의 보호를 받아야 하는 여성들도 자연히 실제적인 존재 가능성을 상실했다고 믿고 싶은 것이다.

작품 서두에서 음산한 분위기에 맞게 창조된 유령은 엄밀한 의미에서 Rosa가 아니라 이야기하기 자체의 행위로부터 생겨난 것이다. 유령 이야기 속에서 유령으로부터 괴롭힘을 당하는 것은 사람이 아니라 한 여성의 통제 아래 있는 창조 방법인 내러티브 과정이다. 일단 Miss Rosa가 이야기를 유령적인 분위기 속에 설정한 이상 유령이 출몰하는 분위기가 이 소설을 전체적으로 감싼다. Quentin도 그 분위기를 깨뜨리고 합리적인 형태로 재설정할 수 없음을 깨닫게 된다. 따라서 Quentin은 서술을 시작하기도 전에 사실상 파편화하고 탈실체화하게 된다. Sutpen 이야기의 내레이터로서 처음으로 서술을 시작하는 사람은 Miss Rosa이다. 물론 그녀의 청자인 Quentin(물론 독자인 우리들을 포함해서)으

로 하여금 그녀의 서술에 귀를 기울이도록 배려하는 일은 익명
의 내레이터인 작가 자신의 역할이다. 작가는 숨 막힐 듯한 방
안에서 Miss Rosa와 마주앉은 Quentin의 모습을 독자의 호기심
을 일으키기에 적합하도록 그녀와 마찬가지로 거의 유령에 가까
운 모습으로 묘사한다.

> he would seem to listen to two separate Quentin now-the
> Quentin Compson preparing for Harvard in the South, the deep
> South dead since 1865 and peopled with garrulous outraged
> baffled ghosts, listening, having to listen, to one of the ghosts
> which had refused to lie still even longer than most had, telling
> him about old ghost-times; and the Quentin Compson who was
> still too young to deserve yet to be a ghost, but nevertheless
> having to be one for all that, since he was born and bred in the
> deep South the same as she was-the two separate Quentins now
> talking to one another in the long silence of notpeople, in
> notlanguage ……(9)

비록 Quentin의 의식이 첫 장을 통제하고는 있지만, Miss
Rosa가 자신의 이야기하기로써 그를 또 하나의 유령으로 변형시
킨다. 어찌 보면 소설 전체가 이야기와 청자 모두를 탈인간화하
는 한 여성의 목소리에 의존하는 것 같다. Quentin은 그 목소리
를 듣는 가운데 청자로서의 자신이 둘로 갈라짐을 느낀다. 그는
자신이 과거에 전적으로 의존한 존재와 현재를 살아가는 존재를
동시에 갖고 있음을 깨닫는다. 그는 한편으로는 지난 20년간 남

부 과거의 유령들과 친숙하게 지내왔고, 조만간에 자기 자신도 하나의 유령이 되어 그 대열에 낄 수밖에 없는 숙명적 존재이다. 그런가 하면 그는 내면에 유령이 되기를 한사코 거부하는 강한 욕구를 지닌 또 하나의 존재를 갖고 있다. 이에 Quentin은 독자의 시점과 일체를 이루면서 Miss Rosa의 이야기를 듣는 도중에 자신의 분열된 두 자아 간의 내적 대화를 듣게 된다. 이 두 Quentin 중 하나는 Mr. Compson과 Miss Rosa가 Sutpen 전설을 정확하게 반복해 주기를 바라고, 다른 하나는 그것을 변화시키기를 막연히 바란다. 이것은 바로 Quentin 내면의 갈등을 극화한 것으로, Hugh M. Ruppersburg(103)이 주장하는 것처럼 궁극적으로는 그가 겪기 시작하는 긴장감과 혼란감을 암시해 준다.

하나의 Quentin이 말해야만 하고 또 다른 Quentin이 들어야만 하는 형이상학적 대화는 결국에 "the long silence of notpeople in notlanguage" 속으로 미끄러져 들어가고 만다. 그래서 후자인 청자 Quentin은 소통상의 격심한 혼란 속으로 빠져들면서 "notlanguage"로 이야기를 해 줄 내레이터가 된다. 이때 "notlanguage"는 언어(language)와 비언어(nonlanguage) 모두를 나타내는 언어이다. 이 상태에서는 아무 언어도 들리지 않고 오직 "the language of Quentin *hearing*"(McPherson 435)만이 들려올 따름이다. 이 순간에 Quentin이 듣는 방식은 필경 "hearing without listening"[2]이다.

*Absalom, Absalom!*이 Miss Rosa의 서술[3]로 시작하는 것은

---

2) 이런 현상은 뒤에 가서 제7장에 나오는 "hearing the two of them without listening"(237)과 일맥상통하는 개념이다.

사실이지만, 플롯의 대부분은 Quentin이 Sutpen 이야기의 흩어진 조각들을 종합해 나가는 내용으로 구성되어 있다. Sutpen의 비극이야말로 *Absalom, Absalom!*에서 의심할 바 없이 극적 관심의 핵심이다.[4] 그렇지만 이 소설의 구조적 중심은 Sutpen 이야기의 청자이자 재창조자인 Quentin에게 있다. Faulkner 자신도 일찍이 이 점을 인정한 바 있다.[5] 실제로 Quentin이 없으면 Sutpen 이야기는 이야기되지 않을 뿐 아니라 성립조차 할 수 없다. 그래서 많은 Faulkner 평자들은 Quentin의 중심적 역할을 일

----

3) 제1장에서 시작한 Rosa의 서술 내용은 중도에서 일단 끊겼다가 제5장에서 Quentin이 Charles Bon 살해 이후 그녀의 행적을 회상하는 서술을 계속함으로써 비로소 완결된다.

4) 사실상 *Absalom, Absalom!*에서는 Sutpen의 삶이, *The Sound and the Fury*에서 Caddy의 상실, *As I Lay Dying*에서 Addie의 죽음과 마찬가지로 생성적인 이미지이다.

5) Faulkner는 1934년 2월 Harrison Smith에게 보낸 편지에서 당시 A Dark House라는 제목으로 집필 중이던 이 소설에 대해 언급하면서 Quentin을 주동인물이라고 명백히 밝힌 바 있다.

   The story is an anecdote which occurred during and right after the civil war; the climax is another anecdote which happened about 1910 and which explains the story. Roughly, the theme is a man who outraged the land, and the land then turned and destroyed the man's family. Quentin Compson, of the Sound & Fury, tells it, or ties it together; he is the protagonist so that it is not complete apocrypha.(Selected Letters 78-79)

   또한, Faulkner는 Virginia 대학 강연에서 Sutpen을 "central character"라고 전제하고 나서, "It's incidentally the story of Quentin's hatred of the bad qualities in the country he loves" (*Faulkner in the University* 71)라고 부연한 바 있다.

찍부터 강조해 왔다. 실제로 Clarke은 Quentin 중심의 비평 경향을 인정하고 나서, 그 대표적인 사례로 John Irwin의 비평을 제시한다.

> By taking over the narrative Quentin takes over the novel because, in this work, storytelling confers control. Accordingly, most critics read Quentin as the central figure and the novel as his attempts to come to terms with his heritage. John Irwin, while tracing the psychological implications of the doublings and repetitions which Quentin confronts, notes that Quentin uses his control of the tale as part of his struggle against his father.(69)

Irwin은 *Absalom, Absalom!*의 내러티브 갈등을 구체적으로 Quentin의 오이디푸스적 갈등으로 해석한다. 이 갈등의 주역인 Quentin이 Sutpen을 돋보이게 하는 〈포일〉(foil)의 역할에 머물지 않는 것은 당연하다. 그는 명실공히 소설의 중심적인 내러티브 목소리가 되어서 Sutpen을 통하여 남부의 역사와 과거를 규명코자 노력한다. 이에 William Van O'Connor는 *Absalom, Absalom!*을 가리켜 "Quentin's story"(99)라고까지 단언한다.

Quentin은 위에서 언급한 대로 비극의 주인공답게 격렬한 갈등을 체험하지 않으면 안 된다. 작품 초반부터 내면에서 벌어지는 두 자아, 즉 이미 과거의 유령이 되어 버린 자아와 유령이 되기를 한사코 거부하는 자아 간의 갈등은 명목상의 싸움에 지나지 않는다. 왜냐하면 과거로부터 나온 한쪽 자아의 힘이 워낙 강해서 둘 사이의 균형이 이내 깨지고 말기 때문이다. 그리하여 Quentin은

120

마침내 자신의 존재가 와해되어 버리는 느낌을 받게 된다.

> Quentin had grown up with that; the mere names were interchangeable and almost myriad. His childhood was full of them; his very body was an empty hall echoing with sonorous defeated names; he was not a being, an entity, he was a commonwealth.(12)

위 인용문은 특히 Quentin이 자신의 아이덴티티를 상실하고 자기 자신으로부터 소외된 모습을 여실히 드러내 준다. 결국에 그는 하나의 완전한 〈존재〉(a being, an entity)이기보다는 하나의 〈연합체〉(a commonwealth)이다. 그래서 그 안에 많은 힘이 저장되어 있기는 하지만, 그중 어느 하나도 그의 개인적 자아처럼 명확하게 규정될 수 있는 것은 없다. 그리하여 Quentin은 젊은 나이에도 불구하고 대재앙의 여파로 인해 지기 자신이 기이하게도 늙어버린 것으로 여긴다. 그리고 신음하듯이 "I am older at twenty than a lot of people who have died(377)"라고 토로한다.

한편, Quentin으로서는 Miss Rosa가 왜 자기를 선택해서 Sutpen 이야기를 들려주고, 왜 또 자기는 꼼짝없이 들어야만 하는 건지 알 수 없는 일이다. 다만 막연히 그 이유를 알게 되기까지에는 많은 시간이 필요하리라 느낄 따름이다. 그런 가운데 Mr. Compson은 그 원인을 아주 숙명주의자답게 진단하면서 특히 인간의 과거에 대한 책임을 강조한다.

"It's because she will need someone to go with her-a man, a gentleman, yet one still young enough to do what she wants, do it the way she wants it done. And she chose you because your grandfather was the nearest thing to a friend Sutpen ever had in this county ⋯⋯ So maybe she considers you partly responsible through heredity for what happened to her and her family through him."(12-13)

Mr. Compson의 해석은 작품 전체를 통하여 중요한 테마 중 하나인 시간의 지속성을 강조하는 말이다. 그것은 곧 인간이 자기 개성을 형성해 준 과거와의 관계를 단절할 수도, 과거 현상을 부정할 수도 없을 뿐만 아니라 과거 행동에 대해 전적으로 책임을 져야 한다는 것이다. Sutpen 이야기는 할아버지 General Compson이 Sutpen과 나눈 직접적인 친분을 통해서, 그리고 할아버지와 아버지의 Sutpen에 대한 재설명을 통해서 Quentin 유산의 뗄 수 없는 일부가 되었다. 그리하여 Quentin은 자신이 지난 20년 동안 호흡하며 살아온 대기와 땅이 Sutpen 당시의 것과 똑같음을 확신하게 된다. 이에 Quentin은 Sutpen 이야기 속에 운명적으로 깊숙이 빠져 들어간 자신을 발견하고 고뇌에 찬 심경을 토로한다.

Am I going to have to have to hear it all again he thought I am going to have to hear it all over again I am already hearing it all over again I am listening to it all over again I shall have to never listen to anything else but this again forever so apparently not only a man never outlives his father but not even his friends and acquaintances do-(277)

Quentin은 Sutpen의 일생에 집착하면 할수록 자신이 유산으로 물려받은 남부의 과거에 얽매어 감을 깨닫게 된다. 그런가 하면 다른 한편으로는 그 남부의 유산으로부터 탈피하고자 하는 강한 충동을 동시에 받는다. 이와 같은 사랑과 증오의 이중적 감정은 여전히 강박적으로 그에게 남아 있다. 그는 Sutpen의 이야기를 계속해서 듣지 않으면 안 될 운명인 것이다. 그래서 그는 자신도 모르는 사이에 Sutpen 이야기 속에 깊이 빠져 들어 방관자가 아닌 참여자로 변모하게 된다. 이러한 그의 변신은 Miss Rosa와 함께 Sutpen 장원을 방문하여 Sutpen 전설의 산 증인인 Henry를 만남으로써 명백히 확인된다. 실제로 작가 Faulkner는 Rosa와 Quentin으로 하여금 과거의 피할 수 없는 현실을 확인시켜 주기 위해 과거의 화신으로 아직껏 살아 있는 Henry를 거기서 만나도록 배려한다. 이 장면은 유일한 현재의 행동으로(1909년), 사실상 *Absalom, Absalom!*의 클라이맥스에 해당된다.

And you are-- ?
Henry Sutpen.
And you have been here---?
Four years.
And you came home---?
To die. Yes.
To die?
Yes. To die.
And you have been here---?
Four years.
And you are---?
Henry Sutpen.(373)

아마도 이 장면은 *Absalom, Absalom!* 전체에 걸쳐 Faulkner가 사용하는 내러티브 기법 가운데 가장 극적이고 정교한 부분일 것이다. 작품 서두에서 Miss Rosa가 Quentin을 불러 Sutpen 이야기를 전해 주는 목적 가운데 하나는 이야기의 객관성을 확보하기 위한 것이었다. 이 객관성 확보의 지름길은 그야말로 백문이 불여일견이다. 물론 객관성의 차원에서 독자도 또한 그곳을 함께 방문하도록 허용된다. 독자도 이 방문에서 Rosa나 Quentin 못지않게 무언가를 알게 되기를 고대한다. 따라서 생략한 듯한 상기 대화문은 독자로 하여금 알지 못하게 하려는 것이 아니라, 오히려 독자의 관심을 자극해서 앎의 과정에 참여케 하려는 것이다.

그렇다면 위 인용문에서 Quentin은 Henry로부터 과연 무엇을 알아냈을까? 텍스트 자체는 이와 관련해서 아무런 사실이나 정보도 제공하지 않기 때문에 이 문제는 Faulkner 평자들 사이에서 오랫동안 논쟁의 소지가 되어 왔다. Cleanth Brooks(*Yoknapatawpha Country* 316-17, *Toward Yoknapatawpha* 320-22)는 Quentin이 Henry를 직접 대면하고 그로부터 Charles Bon 어머니의 비밀을 알았다고 주장한다. 다만 그것이 기록되지 않은 것은 위 인용문이 말한 것 모두를 표현하고 있다고 결론 내릴 아무런 근거가 없기 때문이라는 것이다(*Yoknapatawpha Country* 441). 그렇지만 실제로 이에 대한 확실한 증거를 찾아보기는 어렵다. 한편 Ruppersburg은, 상기한 이탤릭체의 대화가 다른 곳에서와 마찬가지로 "imagined or reconstructed speech"를 가리킨다고 말함으로써 Brooks의 주장에 어느 정도 동조하면서 작가가 결코 알 수 없는 과거의 주제를 확장하는 방법의 일환으로 이 대화를 의도적으로 모호하게 처리한 것이라고 역설한다(129). 언뜻 보기에, 이 두 비평가들의 논리는 나름대로 일리가 있는 것처럼 보인다. 그러나 여기에서 꼭 짚고 넘어가야 할 것은 그들의 비평이 옳고 그름을 떠나서 자칫 잘못하면 억측으로 흐르기 쉽다는 점이다. Brooks처럼 텍스트가 기록하지 않은 내용을 막연하게 유추한다거나, Ruppersburg처럼 작가의 의도를 무리하게 추정하려는 것은 아무래도 바람직한 비평 태도는 아닐 성싶기 때문이다.

우리가 위 장면에서 분명히 간파할 수 있는 것은 과거의 화신인 Henry를 비존재로 만들어 버린 시간의 파괴적 속성이다. 우리는 Quentin과 Henry의 대화를 읽어나가는 동안에 Faulkner가 제시한 세 개의 시제들, 즉 "*was-not: is: was*"(324) 가운데 현재와 과거를 모두 무화시키는 "was-not"의 상태에 빠져 버린 느낌이 든다. "was-not"은 다름 아닌 비존재를 가리킨다. 그러기에 주어 없는 자동사(부정사)만이 주체도 실체도 없는 Henry의 비존재의 위치를 가장 잘 나타내 주는 것이다.

Henry는 Bon을 죽이고 나서 오랫동안 도피 행각을 벌이다가 4년 전에 죽음을 맞기 위해 고향 집으로 되돌아 왔다. 피골이 상접한 그의 초라한 모습은 실로 죽은 거나 다름없다. 그렇다면 과연 죽음이 Sutpen 이야기의 궁극적인 구조자일 수 있을까? 죽음이 갖는 역설성은 죽음 자체가 불가능을 가리키는데도 그에 대한 말을 우리가 갖고 있고, 그것을 시간의 논리 속에 설정하려고 시도한다는 것이다. 작가가 위에서 Henry로 하여금 아무런 주체도 없이 "*To die*"라고 말하게 한 것은 존재의 끝을 표현하기 위해 실체에 언어의 현상만 부여한 것이다. 그럼에도 불구하고 아무도 존재의 끝을 표현하지는 못한다. 왜냐하면 존재의 끝은 표현의 끝이기 때문이다. 이런 의미에서 Walter Benjamin은 일찍이 죽음의 속성을 단적으로 규명한 바 있다.

> Death is the sanction of everything that the storyteller can tell. He has borrowed his authority from death.(94)

비평가 Philip J. Egan은 이러한 죽음과 이야기꾼의 상관관계를 파악하고 나서, 죽음이야말로 *Absalom, Absalom!*의 "the alpha and the omega"(210)라고 종합적인 결론을 내리고 있다. 작가가 Quentin을 중심적인 이야기꾼으로 선택한 이상, 어쨌든 그는 죽음을 목전에 둔 Henry로부터 자기 이야기의 확실한 근거를 찾을 수밖에 없다. 결국에는 죽음만이 이 이야기의 궁극적인 철회자이자 구원자일 수 있는 것이다.

Henry의 출현은 무엇보다도 상상의 세계 속에서만 자리 잡고 있던 Sutpen 전설을 현재에 살아 있는 것으로 보여주는 증거가 되기 때문에 매우 중요하다. 이 일이 있기 전까지 Quentin과 Shreve가 만든 이야기에는 증거가 부족했던 게 사실이다. 그리하여 Robert Dale Parker는 Quentin과 Henry의 만남을 가리켜 "the center or imaginative beginning of the novel, the part that motivates everything else"(115)라고 말하면서 그것의 중요성을 강조한다. 사실상 Quentin은 Henry를 직접 대면하기까지는 단지 하나의 간접적인 증인, 그것도 믿기 어려운 증인의 역할에 불과했다. 그러나 역사의 살아 있는 당사자를 직접 만나 그와 함께 직접 공연을 함으로써 비로소 그 비극에의 진정한 참여자로 탈바꿈할 수 있게 된 것이다. 이런 의미에서 Parker는 특히 Quentin의 변모를 특히 강조한다.

Consequently, the importance of Quentin's meeting with Henry, and his reaction to it, can hardly be overstated. Quentin's predilection to identify with the Sutpen story is enhanced and enforced by the old legend's suddenly coming alive right before him. In this participatory novel Quentin, who has largely been a participant only at our level, the level of listening and imaginatively retelling, suddenly becomes a participant at the Sutpen's responsibility for their history of horrors.(135)

Quentin이 Henry를 만나는 순간은 결국 현재와 과거가 만나는 접목 지점이다. 현재를 살아가는 Quentin이 과거의 화신인 Henry로부터 자기 개성을 형성하는가 하면, 과거로부터 나온 Henry는 현재를 살아가는 Quentin, Shreve의 과도한 상상에 의해 다시 확고한 생명을 부여받게 된다. 이에 Quentin과 Henry의 만남은 Faulkner가 강조하는 시간의 지속성을 나타내기 위한 메타포임에 틀림없다. 그런데도 작가 Faulkner는 이 중요한 만남의 순간을 지루할 정도로 계속해서 지연시키다가 작품 후반부에 가서야 보여 준다. 이 지연은 극적인 순간을 작품의 클라이맥스로 끌어올리기 위한 기교상의 한 방편처럼 보인다. 그러니까 우리의 앎을 저지하려는 것이 아니라 우리의 관심을 지속적으로 자극하고, 우리를 앎의 과정에 참여케 하려는 시도의 일환인 것이다. 이 극적인 만남을 통하여 Quentin은 비로소 우리 수준의 참여에서부터 Sutpen 수준의 참여자로 변모할 수 있게 된다. 이로써 Quentin은 소름끼치는 공포의 역사에 대한 Sutpen의 책임을 연대 의식으로 함께 통감할 수 있게 되는 것이다.

Quentin은 자기 자신의 현재를 Sutpen의 과거 속에 도입함으로써 결국에는 자기 파멸적인 운명을 타파해 보려고 시도한다. 그러나 그는 Henry를 쳐다보는 순간에 "the wasted yellow face with closed, almost transparent eyelids on the pillow …… a corps"(373)의 느낌을 받는다. 이렇게 해서 Henry로부터 자기의 Dostoevsky적인 "other self"를 발견한 Quentin은 과거의 창고에서부터 나온 또 하나의 창백한 유령이나 시체로 전락할 운명을 부여받는 것이다.

Quentin은 Henry와의 직접 대면으로 인해 이제까지 자신이 마치 꿈같은 세계 속에서 듣고 알아온 이야기가 사실로 판명 나자 더욱더 깊은 고뇌에 빠지게 된다. 그를 무엇보다도 당황하게 만드는 것은 자기 자신이 상상해 온 것과는 근본적으로 다른 Henry의 모습이다. Henry의 질병과 노쇠는 곧 패배 그 자체의 상징이다. 그것은 막연하게 들어서 알고 있는 남부의 영광이나 권위와는 너무나 거리가 멀다. Quentin은 자신이 애써 벗기려는 남부의 실체가 끝없는 지속의 초라한 일부라는 생각을 견뎌내지 못한다. 끝내 그는 "Nevermore of peace. Nevermore of peace. Nevermore Nevermore Nevermore"(373)라는 고통스런 결론에 도달하게 된다. John L. Longley, Jr.에 따르면 이 처절한 절규야말로 Quentin에게 있어서는 "the only possible reaction to what has happened"(217)이다. Sutpen의 경력은 Quentin 고향의 역사에서 가장 혼란스러운 요소이다. 따라서 그 이야기의 의미에 몰두하는 것이야말로 괴롭고 고통스러울 수밖에 없다. 그렇다고 해서 앞으로 언젠가는 그것으로부터 도피하여 안주할 장소를 찾을 수 있는 것도 아니다. 결국 Quentin이 얻은 마지막 결론인 "Nevermore of peace"는 그야말로 희망 없는 〈막다른 골목〉(impasse)의 인식인 것이다.

*Absalom, Absalom!*에 나오는 인물들은 다른 내레이터의 이야기를 듣기만 할 뿐 아니라 마치 옛날 사진이나 꿈속에서 불러낸 듯한 다른 인물들을 쳐다보고 함께 대화를 나눌 수 있는 청자를 필요로 한다. 심지어는 Sutpen까지도 자신의 웅대한 디자인 수행 과정을 들려줄 사람이 필요했다. 그래서 Sutpen 이야기의 최초 청자로서 Quentin의 할아버지 General Compson이 선택된 것이다. 그리고 그 이야기는 앞에서 언급했듯이 다시 아버지 Mr. Compson을 거쳐 Quentin에까지 이르게 된다. 그러자 이번에는 Quentin의 경우에도 역시 자기 이야기를 들어줄 청자를 필요로 한다. 그래서 동원된 사람이 캐나다 출신인 Shreve McCannon이다. Shreve는 수동적으로 이야기꾼의 이야기하기를 듣는 여느 청자와는 달리 적극적이고 능동적으로 이야기의 재구성에 참여한다. 그는 오랜 세월을 거쳐 내려오는 동안 더욱더 길어지고 복잡해진 이야기의 마지막 청자이기에 사실상 독자의 의식을 대변한다고 볼 수 있다. 우리는 일반 독자의 역할을 상징적으로 수행해

나가는 Shreve를 통해서 파편만큼이나 많은 층(layers)으로 우리에게 다가오는 *Absalom, Absalom!* 에서 특별히 독자의 구성적 의식이 요청됨을 확인할 수 있게 된다.

Quentin은 하나의 내러티브를 창조해 나가는 과정에서 Miss Rosa나 Mr. Compson으로부터 Sutpen에 관한 정보와 의견을 전달받는 것은 사실이지만 Shreve의 도움을 절대적으로 필요로 하게 된다. 만약에 Shreve가 없다고 한다면 플롯의 대부분을 차지하는, 작품의 부분들을 결합하고 틈새들을 메워 나가는 추리와 상상의 작업은 아마도 불가능할 것이다.

Faulkner는 *Absalom, Absalom!* 의 내러티브에서 독자가 작품 전체의 형상화를 위해 구성적 의식을 갖고 싶어 하는 것을 잘 알고 있다. Faulkner가 내러티브 구성에 Shreve를 동원한 것도 사실은 이 때문이다. 실상 따지고 보면 *Absalom, Absalom!* 은, 일반 독자의 호기심을 대변해 주는 Shreve가 남부에 관해 Quentin에게 던진 질문에 대한 답변의 시도로서 읽혀질 수 있다.

> *Tell about the South. What's it like there. What do they do there. Why do they live there. Why do they live at all.* (174)

Sutpen 전설에 골수까지 깊숙이 배어든 Quentin은 Shreve가 이같이 요청해 오자 마치 피를 본 거머리와도 같이 달려들어 Sutpen 전설을 그에게 주입시키려 든다. 비록 위에 인용한 Shreve의 질문이 작품 중반 이후에 나오기는 하지만, 어쩌면 이것은 작품의 비개성적인 첫마디에 해당한다. 이에 대해 응답하려는 연합적인 시도 속에서 내레이터들은 Sutpen을 밝히기 위한 하나의 패턴을 수립한다. 바로 이 패턴이 여러 사실들과 주장들, 그리고 보고들을 설명해 주게 된다. Quentin에게 있어서 남부에 대해 이야기하는 것은 Miss Rosa와 Mr. Compson에게 있어서와 마찬가지로 어쩌면 Sutpen의 전기를 말하는 것과 동일한 것이다.

Quentin은 제1장에서는 Miss Rosa로부터, 제2-4장에서는 아버지 Mr. Compson으로부터 Sutpen에 관한 이야기를 수동적인 청자의 입장에서 주로 듣는다. 그리고 제6장 이후부터는 적극적이고 능동적인 행동자의 입장에서 Harvard의 룸메이트인 Shreve의 도움을 받아가며 흩어진 이야기의 조각들을 주워 모아 결합하는 작업을 벌인다. 두 사람은 비교적 완전한 사실의 정보를 가지고 역사의 재생 작업에 창의적인 호기심을 결합해 나간다. 특히 Quentin은 시간이 흐를수록 Sutpen 전설에 점점 더 깊이 빠져 들어가 좀처럼 그곳으로부디 헤어 나오지 못하게 된다. 간간이 Shreve가 Quentin의 말을 중단시키려고 하면,[6] Quentin은 "Wait, I tell you!"(277), 또는 "I am telling"(277)이라고 반발하면서 고집스럽게 자기 이야기를 끌고 가려 한다. 그렇지만 Shreve도 이에 질세라 "No"라고 친구의 말을 끊고는, "you

---

6) Shreve가 Quentin의 말을 중단시키고 중간에 개입하려는 의도는 대개 두 가지 경우로 나눌 수 있는데, 하나는 Quentin의 그릇된 판단을 바로잡아 주기 위한 것이고, 다른 하나는 자기 자신의 논평을 가하기 위한 것이다. 그러나 어느 경우이든 간에 우리는 이러한 Shreve의 역할을 통해서 궁극적으로 Sutpen에게 일어난 사건보다는 1910년 Shreve와 Quentin의 상상 속에서 일어나고 있는 작용을 더욱 강조하기 위한 작가의 배려를 분명히 읽을 수 있다.

wait. Let me play a while now"(280)라고 끼어든다. 그러는 사이에 두 사람은 마침내 자신들이 만들어낸 이야기 속에 깊이 동화되어 버린다.

Quentin과 Shreve는 Sutpen 전설에 반응하는 것에 그치지 않고, 그것의 창조 작업에 실제로 돌입해 들어간다. 그들이 창조 과정에 너무 깊이 심취한 나머지 그들 사이에는 장벽이 허물어지고 일체감이 형성된다. 두 사람이 협력해서 이야기를 재구성해 나가는 동안에 그들 사이에 구분이 사라진 것이다. 두 사람은 하나가 되어 똑같은 생각을 하고 간간이 그 생각을 입으로 토로해 낸다.

> They stared-glared-at one another. It was Shreve speaking, though save for the slight difference which the intervening degrees of latitude had inculcated in them(differences not in tone or pitch but of turns of phrases and usage of words), it might have been either of them and was in a sense both: both thinking as one, the voice which happened to be speaking the thought only the thinking become audible, vocal ……(303)

Quentin과 Shreve가 협동하여 이야기를 만들어 냄에 따라 이 소설의 특징인 내러티브 목소리들의 복합성은 내레이터·청자·화자 사이의 상호교환성으로 인해 그들 사이에 구분할 수 없는 통합된 목소리로 바뀐다. 이것은 먼저 화자인 Quentin과 청자인 Shreve 사이에서 일어난다. Quentin과 Shreve의 이 같은 일체감은 때로는 동성애적 관계로까지 비약될 수 있을 만큼 대단히 친

밀하다. 자연적으로 두 사람 간의 대화에서 발화의 주체와 객체
가 불분명해진다. 두 사람은 각자의 아이덴티티가 아주 비슷하게
용해되어서 누가 말하고, 누가 듣는지가 전혀 문제가 안 될 정도
로 밀착하게 된다.

"And now," Shreve said, "we're going to talk about love." But
he didn't need to say that either, any more than he had needed
to specify which he meant by he, since neither of them had
been thinking about anything else; all that had gone before just
so much that had to be overpassed and none else present to
overpass it but them, as someone always has to rake the leaves
up before you can have the bonfire. That was why it did not
matter to either of them which one did the talking, since it was
not the talking alone which did it, performed and accomplished
the overpassing, but some happy marriage of speaking and
hearing.(316)

Quentin과 Shreve의 친밀감은 Henry와 Bon 사이에 있었을 것
으로 기대되는 친밀감을 작가가 단순히 극화하기 위해 고안한 유
추적 산물만은 아닌 듯하다. 문제가 되는 것은 친밀감 그 자체이
다. 그것은 남부와 북부, 개인과 개인 사이의 장벽을 무너뜨리고
이질감을 극복함으로써 얻어지는 동질감이다. 그리하여 Quentin
과 Shreve가 Sutpen 이야기를 함께 재현하는 과정에 "marriage
of speaking and hearing"의 구성이 정교하게 짜여진다.

한편, Sutpen을 남부 귀족의 우화적 모델로 보여주려는 작가
의 의도는 내레이터인 Quentin과 Shreve의 일치 관계를 그들 서

술의 주체인 Henry, Bon에게까지 확대시킴으로써 드러난다. 그리하여 이 일치 현상은 서술의 주체인 화자와 청자 사이에서뿐만 아니라, 서술의 객체인 대상들에게까지 확대되어 일어난다. 현재의 두 개인 사이에서 일체감을 이룩한 Quentin-Shreve는 과거의 Henry-Bon의 관계 재현에 몰입하면 할수록 점차로 자신들이 만들어낸 원래의 비극적 참여자들과 공동운명체라는 인식에 도달하게 된다. Cambridge의 얼어붙은 차디찬 기숙사 방안에서 Sutpen 전설에 심취한 Quentin과 Shreve는 Henry와 Bon의 관계를 규명하는 대목에 이르자 어느새 시간과 공간을 뛰어넘어 과거의 그 두 사람과 정서적 하모니를 이루게 된다.

> …… in the cold room where there was now not two of them but four, the two who breathed not individuals now yet something both more and less than twins, the heart and blood of youth …… Not two of them in a New England college sitting-room but one in a Mississippi library sixty years ago, with holly and mistletoe in vases on the mantel or thrust behind, crowning and garlanding with the season and time the pictures on the walls, and a sprig or so decorating the photograph, the group-mother and two children-on the desk, behind which the father sat when the son entered; and they-Quentin and Shreve-thinking how after the father spoke and before what he said stopped being shock and began to make sense, Henry would recall later how he had seen through the window beyond his father's head the sister and the lover in the garden, pacing slowly, the sister's head bent with listening, the lover's head

leaned above it while they paced slowly on in that rhythm which
not the eyes but the heart marks and calls the beat and measure
for ……(294)

Quentin과 Shreve가 마주보고 앉아 있는 Cambridge의 기숙사
방안에는 둘이 아니라 넷이 자리 잡고 있다. 이와 동시에
Mississippi의 Sutpen 장원 서재에서는 Quentin-Henry가 Sutpen
과 마주보고 심각한 논쟁을 벌이고 있고, 창문 밖 정원에서는
Shreve-Bon이 Judith와 밀애를 나누고 있다. 아버지 Sutpen이
두 연인 간의 결혼을 결사반대하고 나서자 내러티브가 갑자기
한 편의 극적인 드라마로 바뀐다. 이에 따라 Quentin은 보다 더
당당하고도 공공연하게 자기 자신과 Henry를 한 쌍으로 간주하
게 된다. 물론 이때 Shreve는 당연히 Charles 역할을 하는 것으
로 여겨진다. 조그만 모순이나 결함은 그들 두 사람, 아니 네 사
람의 재공연 속에서 이내 화해되고 해소된다. 그래서 그들 네 사
람은 크리스마스 새벽에 두 필의 말에 나눠 타고 동시에 New
Orleans를 향해 달려간다. 그리고 그들은 배를 타고 Charles Bon
의 본가에 도착해서 양피지 색깔의 피부를 가진 부인과 마주 앉
는다.

So that now it was not two but four of them riding the two
horses through the dark over the frozen December ruts of that
Christmas Eve: four of them and then just two-Charles-Shreve and
Quentin-Henry …… So it was four of them who rode the two
horses through that night and then across the bright frosty North

Mississippi Christmas day …… four of them who sat in that drawing room of baroque and fusty magnificence which Shreve had invented and which was probably true enough, while the Haiti-born daughter of the French sugar planter and the woman Sutpen's first father-in-law had told him was a Spaniard(the slight dowdy woman with untidy gray-streaked raven hair coarse as a horse's tail, with parchment-colored skin and implacable pouched black eyes which alone showed no age because they showed no forgetting, whom Shreve and Quentin had likewise invented and which was likewise probably true enough) told them nothing because she did not need to because she had already told it.(334-35)

위 장면에서 작가 Faulkner는 Henry와 Bon, Quentin과 Shreve를 상호간에 환각을 일으킬 정도까지 형제적인 얽힘 속에 몰아넣고 있다. 전자 두 사람은 형제로서 서로 닮은 것은 물론이거니와 둘 다 아버지 Sutpen을 닮았다. 그런가 하면 후자 두 사람도 Henry-Bon 의 관계 재현으로 서로를 닮아가고, 그들의 비극 재현이 진행함에 따라 똑같이 Mr. Compson과 같은 목소리를 띠게 된다.

마침내 그들 네 사람은 Henry와 Charles의 운명적 대결장인 Sutpen 장원의 정문을 향하여 달려간다. 둘로써 이루어진 네 사 람 모두가 그곳에 도착한다. 모두들 숨이 가쁘다. 이때에도 예외 없이 Shreve가 Charles의 역할을 맡는다. Charles-Shreve가 Sutpen 장원에 들어가려 하자 Henry-Quentin이 가로막는다. 그 들은 말을 탄 채 서로 상대를 살피면서 대결 자세를 취한다. 바 로 그 순간에 섬광이 번쩍이고 Henry의 피스톨이 발사된다. 마 침내 Sutpen의 엄청난 계획은 산산조각 나고, 내러티브 창조 행위는 절정에 다다른다.

Faulkner는 주요 내레이터인 Quentin과 Shreve로 하여금 Sutpen 비극에 정서적으로 깊이 몰두하게 함으로써 비로소 "a narrative excuse to penetrate the barrier between past and present, between actor and witness"(Swiggart 164)를 마련한다. 그리하여 형제적 사랑의 이름으로 사회의 편견을 극복코자 안간힘을 쓰는 Henry의 투쟁을 극화시킬 수 있게 된다. 결과적으로 Sutpen 드라마는 후반부에 가서 박진감 넘치는 전개로 바뀐다. 그러나 이 사실주의적 전개는 Sutpen의 악마주의 자체가 아니라 그것의 비극적 결과에 주로 집중한다. 이렇게 해서 현대 남부를 대표하는 인물로 간주되는 Quentin은 Sutpen의 운명보다도 자신이 역사적 동반자라고 여기는 Henry에게 더욱더 몰입하게 된다.

북부 캐나다 출신의 Shreve McCannon은 엄격한 의미에서 이방인인데도 불구하고 Sutpen 전설의 재현에 깊숙이 참여함으로써 Quentin과 마찬가지로 Sutpen 이야기로부터 상당한 인상을 받은 게 분명하다. 그러니까 Shreve는 제9장에서 Quentin과의 대화가 거의 끝나갈 무렵에는 이제까지의 다소 냉소적이고 풍자적이었던 태도에서 벗어나 매우 진지한 자세로 정색을 하고 Quentin에게 말한다.

Listen. I'm not try to be funny, smart. I just want to understand it if I can and I dont know how to say it better. Because it's something my people haven't got.(361)

과연 Quentin은 Shreve가 갖지 못한 "something"을 갖고 있는 걸까? 그렇다면 그것은 아마도 비극적 비전으로 향하는 남부 과거에 대한 인식일 것이다. 왜냐하면 남부는 패배와 죄악을 체험했고, 인간 과오의 고집스러움과 역사의 복잡성에 대해 깊이 인식했기 때문이다. 따라서 이러한 남부 문화에 익숙지 못한 Shreve로서는 Sutpen 비극에 참여하는데 있어서 한계에 봉착하지 않을 수 없는 것이다.

*Absalom, Absalom!*의 비극적 의미는 아이러니컬하게도 마지막에 Shreve에 의해서 결론적으로 종합된다. Shreve는 Sutpen의 비극, 더 나아가서는 남부의 비극이 초래할 결과에 대해 Mr. Compson처럼 매우 숙명주의적인 논평을 가한다.

> I think that in time the Jim Bonds are going to conquer the western hemisphere. Of course it won't quite be in our time and of course as they spread toward the poles they will bleach out again like the rabbits and the birds do, so they won't show up so sharp against the snow. But it will still be Jim Bond; and so in a few thousand years, I who regard you will also have sprung from the loins of African kings.(378)

Sutpen 계획의 모든 잔재가 혼혈이자 백치인 Jim Bond에게만 남겨졌다는 것과, 그가 궁극적으로 이 세계를 이어받을 유형의 인간이라는 것은 아무리 보아도 비극적임에 틀림없다. 실로 이 소설의 마지막 의미가 Shreve로부터 나오는 것은 매우 주목할 만하다. 사실상 Shreve는 이 책의 강조점을 "what *happened* to the Sutpens"에서부터 "what *is happening*, in 1910, in his and Quentin's imaginations"(Parker 129)로 옮겨 놓고 있다. 그는 이 제까지 신선하고 풍부한 상상력을 동원하여 객관적 입장에서 주 제에 대해 폭넓게 접근해 왔다. 저명한 Faulkner 비평가 Francois Pitavy는 작품 구조에 미치는 Shreve의 영향력에 대해 매우 설득력 있게 논평한 바 있다. 그는 *Absalom, Absalom!*에 서 네 명의 내레이터 가운데 Shreve가 그동안 비평적 관심을 가 장 덜 받아왔고 최근에 들어서야 "co-creator in the narrative"로 서 인정받기 시작했다고 전제하고, Shreve의 역할을 다음과 같이 두 가지로 나누어 종합한다.

> Shreve's participation in the narrative is accomplished in two ways: on the one hand, he leads Quentin, through his insistent questions, to become embroiled in the narrative to the point where the investigation on Sutpen and his own quest for identity as a Southerner become one process which he can no longer choose not to purse to the end; on the other hand, Shreve himself takes over a large portion of the narrative, now because Quentin is unable to do so in view of how painful such a process has become for him and how apprehensive he is regarding the consequences of such a commitment, now because Shreve himself feels implicated in an investigation to which he can no longer remain indifferent.("Narrative Voice" 191)

Shreve는 처음에는 단순한 호기심에서 Quentin을 향해 질문을 던지는 것으로 관심을 표명하기 시작한다. 이때에는 단지 Quentin

의 내러티브 행위의 향방을 안내해 주는 역할만을 수행한다. 그러다가 점차로 내러티브 행위 속에 직접 참여하게 된다. 실제로 위에서 다룬 것처럼 Shreve는 특히 제8장에서 조각난 이야기에 의미를 부여하기 위해 사건과 인물들을 환상적으로 창조해 내기도 한다. 그런가 하면 그는 Quentin에게 결여되어 있는 반어적인 초연함도 갖추고 있다. 그래서 Quentin이 자기 자신의 내러티브 속에 정서적으로 지나치게 몰입하는 것을 발견하면 그 사실을 일깨워 준다. 그는 앞서 언급한 대로 Quentin이 이야기하는 동안에도 이따금씩 불쑥 끼어들어 그의 말을 중단시킨다.

Shreve가 이렇게 하는 근본 이유는 물론 Quentin과의 거리를 유지하기 위한 것이다. 그러니까 Shreve는 자기 특유의 기지와 냉소를 동원하여 Quentin으로부터 어느 정도의 간격을 유지함으로써 그의 〈반대 자아〉(opposing self) 역할을 수행하는 셈이다. 그렇게 함으로써 수집된 정보에다 적절성의 근거를 제공하여 사건 자체뿐만 아니라 이야기의 조각들을 논리적인 연쇄관계 위에 설정할 수 있게 한다. 실제로 그는 여태껏 독자의 편에 서서 이야기꾼들, 특히 Quentin의 과도한 감정에 의해 제멋대로 치닫는 Sutpen 이야기에 제동을 걸고 그 침잠 속에서 벗어나게 하려고 노력해 왔다. 실제로 Faulkner 자신도 이러한 관점에서 Shreve의 기능을 설명한 바 있다.

Well, the story was told by Quentin to Shreve. Shreve was the commentator that held the thing to something of reality. If Quentin had been let alone to tell it, it would have become something completely unreal. It had to have a solvent to keep it real, keep it believable, creditable, otherwise it would have vanished into smoke and fury.(*Faulkner in the University* 75)

사실상 Shreve는 Sutpen 이야기와 아무 관련도 없는 국외자이다. 그러나 Quentin의 조정자 역할을 하는 사이에 운명적으로 어느새 깊숙이 빠져 들어가 더 이상 소극적인 방관자로만 머물 수 없게 된다. 그러다 보니 그는 자기도 모르게 Quentin으로부터 감염되어 자신의 내러티브 행위 속에 깊이 몰두해 들어간다. 이런 점에서 Shreve는 읽기 과정에서 자신도 모르는 사이에 작품 속으로 점차 빠져 들어가는 일반 독자를 대표한다고 할 수 있다. Brooks가 Shreve를 가리켜 합리적이고 회의적인 "the modern 'liberal,' twentieth-century reader"(*Yoknapatawpha Country* 313)라고 부르고, Pitavy가 Shreve야말로 "a function in the novel analogous to that of the reader of the novel, capable of distancing, hence of comprehension"("Narrative Voice" 192)을 갖고 있다고 주장하는 것은 바로 이 때문이다. Estella Schoenberg은 Shreve가 나타내 주는 일반 독자의 기능을 다음과 같이 요약하고 있다.

A reader invited into a story in medias res finds himself a participant in the telling; he butts in from time to time like Shreve, supplying the names to match the pronouns, demanding "But what about ……?" and "Do you mean that ……?," and the narrator must then stop the historical or fictional sequence and back up to reword something or add to it.(114)

사실상 Shreve는 관객들의 생각을 반영하는 희랍극의 코러스처럼 독자들이 묻고 싶은 질문들을 던지는가 하면 나름대로 자신의 판단에 따라 객관적인 논평을 가하기도 한다. 그러므로 위에서 Shreve가 진단한 남부와 현대 세계의 비극적 운명은 독자들의 판단을 종합한 것일 수 있다. 실제로 그는 내러티브 안에서 독자가 내러티브 구조를 통해 반드시 채택하는 태도를 반영해 준다. 독자의 내러티브 구성에의 참여가 Shreve의 태도에 의해 용이해짐은 두말할 나위 없다.

Shreve가 독자를 대신하여 Sutpen 이야기의 의미를 평가하려는 노력은 Quentin을 향해 "Why do you hate the South?"(378)라는 질문을 던지는 것으로 끝난다. 엄밀히 말해서 이것은 질문이라기보다는 확인과 요구이다. 그러니까 이것은 Quentin이 남부만 아니라 그의 과거, 그리고 심지어는 그 과거의 상속자인 자신까지도 충분히 미워할 수 있을 거라는 가정 위에서 나온 것임에 틀림없다. 그러나 독자를 대신한 Shreve의 판단으로는 Henry에게서 자신의 또 다른 자아를 발견한 Quentin이 남부를 증오하는 것과 마찬가지로 남부를 사랑하는 법도 배워야만 한다. 결국에 *Absalom, Absalom!*의 텍스트는 이에 대한 대답으로 Quentin이 남부 땅과 자기 자신에게 운명적으로 맺어진 사랑과 증오의 유대를 인식하고 받아들이는 것으로 끝난다.

"I dont hate it," Quentin said, quickly, at once, immediately; "I dont hate it," he said. *I dont hate it* he thought, panting in the cold air, the iron New England dark; *I dont. I dont! I dont hate it! I dont hate it!* (378)

어찌 보면 Quentin의 대답은 우문현답이 아닌 우문우답, 즉 부적절한 질문에 대한 부적절한 응답인 것처럼 보인다. 그는 표면적으로는 남부에 대한 증오심을 거부하고 있다. 왜냐하면 증오심을 부정함으로써만 그가 이야기하기를 거부하고 이야기로부터 도피할 수 있기 때문이다. 그렇지만 이거야말로 Quentin이 할 수 있는 유일한 대답인지도 모른다. 그의 다른 대답이라면 아마도 Sutpen 이야기 전체를 다시 한 번 더 이야기해 주는 방법밖에는 없을 것이다. 그러나 Quentin에게 있어서 이야기한다는 것 자체는 더욱더 고통스러운 일이다. 그러므로 Shreve의 결코 답변할 수 없는 질문과 Jim Bond의 처량한 울음은 Quentin을 수동적인 내레이터로 전락시키면서 전체 내러티브의 구조를 위협하는 것 또한 사실이다.[7]

*Absalom, Absalom!*은 표면적으로는 남부에 관한, 남부의 상징으로서의 저주받은 힌 가족에 대한 이야기이다. 이 이야기의 주인공인 Thomas Sutpen은 20세기 문학 가운데서도 수동적 역할을 거부하는 극히 보기 드문 영웅적 인물이다. 작품 제목이 암시하듯이[8] *Absalom, Absalom!*에서 실제적인 행동자이자 주인공은

---

7) 이러한 의미에서 *Absalom, Absalom!*의 주요 내레이터인 Quentin을 가리켜 "a narrator *narrated*"(441)라고 부른 Karen McPherson의 지적은 매우 적절한 것 같다.

8) Faulkner 자신이 스스로 고백했듯이 그는 이 제목을 구약성서에서 따왔다.

　　O my son Absalom, my son, my son Absalom! Would God I had died for thee!

　　(Ⅱ *Samuel* 18:33).

Sutpen이다. 그래서 일부 Faulkner 비평가들은 Sutpen 이야기에 중점을 두고 Quentin을 비롯한 서술자들의 노력을 기법상의 한 방편으로 쉽게 처리해 버리기도 한다.9) Sutpen이 행동을 시작하는 도화선인 것은 분명한 사실이지만 그 자신은 Quentin이 하는 것처럼 자기 행동의 완전한 비극적 의미를 깨닫지 못하고 비극적 충격도 느끼지 못한다. Sutpen은 전통적인 비극적 주인공 Oedipus와는 달리 도덕적으로 눈먼 채, 자신이 실패했다는 사실을 알았다 하더라도 그 실패의 원인을 전혀 깨닫지 못하고 죽고 만다. 다시 말하면 그가 어떻게 해서 실패했는가 하는 인식, 즉 진리의 순간을 포착하지 못하는 것이다. 이런 관점에 비추어 보면 그는 엄밀한 의미의 비극적 주인공이 될 수 없다.

한편, *Absalom, Absalom!*은 내면적으로 작중인물들의 상상에

구약성서에 나오는 David는 진심으로 죽은 아들 Absalom의 이름을 부르며 그의 죽음을 슬퍼한다. 한편 Sutpen은 작품 속에서 단 한번 "*Henry, Sutpen says-My son*"(353)라고 울부짖는다. 그러나 그는 죽은 아들 Bon에 대해서나 잃어버린 아들 Henry에 대해서 슬퍼하는 기색을 전연 내보이지 않는다. 이로 미루어 볼 때, Faulkner는 이 제목을 하나의 아이러니나 패러디로서 사용하고 있음이 분명하다.

9) 한 예를 들면, 비평가 Bassett는 Quentin의 중요성을 인정하면서도 그의 보조역할 이미지를 강조한다.

Although Quentin's story is as important as Sutpen's, Quentin was a relatively late addition to the novel. The seminal image for Faulkner was Sutpen, the lower-class pioneer who strives to establish a plantation, a house, a family, and a lineage, and ultimately is destroyed by both the internal problem in his design and related external problem, the Civil War.(126)

전적으로 의존한 구조를 갖고 있다. 그러니까 Sutpen은 내레이터들, 즉 Miss Rosa, Mr. Compson, Quentin Compson, 그리고 Shreve McCannon의 상상에 대한 "the ostensible motive, the excuse"(Parker 115)에 지나지 않는다. 따라서 이 소설의 의미는 내레이터들, 특히 그 가운데 중심인물들인 Quentin과 Shreve의 상상에 의해서만 궁극적으로 파생된다. 이들의 상상은 그 자체의 의미보다는 독자들의 상상력에 불을 댕기는 역할을 한다. 결국에 *Absalom, Absalom!*이야말로 작가뿐만 아니라 등장인물, 그리고 심지어는 독자들의 상상력을 바탕으로 비로소 성립할 수 있다는 결론이 나온다. Parker가 주장하는 대로 *Absalom, Absalom!*은 "*a participatory* novel, a novel about its author's imagination, its characters' imaginations, and also a novel directly about our own imaginations"(130)임에 틀림없다. 한편 이러한 관점에서, 비평가 Arthur Kinney는 *Absalom, Absalom!*을 가리켜 "a novel about a 'real' Thomas Sutpen"이기보다는 "a book about self-projections"(203)라고 단정하는데, 이것은 매우 타당한 논평으로 여겨진다.

Quentin은 Sutpen 전설과 정서적 일체감을 느끼면서 그것이 곧 자기 유산의 일부이자 자기 생활의 일부임을 알고 있다. Quentin으로서는 Sutpen 이야기가 자신의 운명과 직결된다고 보기 때문에 자기 자신을 알기 위해서는 Sutpen과 그 과거를 재구성해야 한다. 그리하여 그는 Shreve의 도움을 받아가며 Sutpen 전설 속을 깊이 탐구해 들어간다. 특히 작품 후반부에서는 Quentin과 Shreve가 주동인물이 되어 과거의 재현을 위한 일종의 상상력 게임을 벌인다.10) 작품 구조상 벌어지는 대부분의 행동은 19세기 Yoknapatawpha에서 일어나지만 대부분의 이야기하기는 Quentin과 Shreve가 있는 Cambridge에서 일어난다. 이런 의미에서 Pitavy("Gothicism of *Absalom, Absalom*" 210)는 이야기 자체보다는 서술이야말로 *Absalom, Absalom!*의 진정한 〈사건〉(event)이라고 단언한다. 결과적으로 이 소설은 시간상으로 사람들이 황야를 정복하여 저택을 세우는 시대로부터 남북전쟁을 거쳐 황폐한 시기를 보내고 지난날을 회상하며 앉아 있는 20세기에 걸쳐 있지만, 그 궁극적 의미는 내러티브를 구성해 나가는 서술 행위 자체에 놓인다.

*Absalom, Absalom!*의 구조는 분명히 Sutpen 이야기에서 Quentin의 이야기로 이전해 가는 과정을 바탕으로 이루어져 있다. 필경 이것은 Quentin을 위한 역사 의미의 탐구 소설이다. 그럼에도 불구하고 *Absalom, Absalom!*의 결말은 Quentin에게 남부 낙원의 회복에 관한 어떤 단서도 제공해 주지 못한다. Quentin은 끝내 과거의 짐을 벗어 던지지도 못하고, 유산의 문제에 있어서 만족할 만한 현대적 해결책도 찾지 못한다. Shreve의 답변 못 할 질문과 Jim Bond의 울음이 더욱더 그를 막다른 골

---

10) *Absalom, Absalom!*의 후반부 4장(6-9장)은 과거로부터 탈피해서 1910년 현재 Quentin과 Shreve에 의해 주도된다. 특히 제6장은 내러티브 기법 면에서 가공할 만큼 정교하고도 복잡한 장이라 할 만하다. David Paul Ragan에 따르면(87), 6장과 함께 소설의 제2의 〈움직임〉(movement)이 시작된다. Brooks는 이 부분을 가리켜 "an attempt at interpretation"(*Yoknapatawpha Country* 310)이라고 부른다.

목으로 내몬다. 이런 점에서, *Absalom, Absalom!*의 비극은 어디까지나 Quentin의 것이다. 그가 없다고 한다면 아마도 이 소설은 기이한 한 인간의 성공과 파멸이라는 가장 진부하고도 멜로드라마틱한 이야기로 전락하고 말 것이다. Quentin을 통해서 우리는 비로소 인간의 과거와의 단절할 수 없는 관계, 특히 과거에 대한 책임을 심도 있게 탐구할 수 있게 된다.

여러 내레이터들의 서술과 다수의 화자들에 의한 담화로서 이루어지는 *Absalom, Absalom!*은 그의 다른 어떤 작품보다도 "a 'talkative' novel"(Tokizane 43)임이 분명하다. 그 안에서 벌어지는 아주 뚜렷한 행위라면 이야기하기라는 단순한 행동과 하나의 내러티브를 서술하는 것이다. 그러니까 Sutpen 전설과 관련된 행위를 포함하는 모든 다른 행위들은 보조적이라고 결론지을 수 있다. 이러한 관점에서 비평가 Joseph W. Reed는 여러 내레이터들에 의해 서술되는 내러티브들의 특징을 문체상의 전략이란 문제에서부터 주제의 문제로 끌어올린다.

> To begin to understand *Absalom, Absalom!* is …… to move beyond what may seem to be the centers of the book-a hero, a story, a dream, a myth, a tragedy-into the process of narrative itself by which these apparent centers are revealed.(146)

요컨대, *Absalom, Absalom!*의 구성에서는 이야기하기와 듣기가 다른 무엇보다도 중요한 핵심을 차지한다. 내러티브 전개 방식이 전달 수단의 단계를 넘어서 그 자체가 곧 주제를 형성하는 것이다.

내레이터가 다수인데다가 그 내레이터의 서술들이 이중 삼중으로
겹쳐 있어서 읽기 과정에 참가한 독자로서는 신뢰성의 정도를 판
정하기가 힘들다. 이로 인해 이 책은 특별한 해석학적 문제를 제기
한다. 결과적으로 *Absalom, Absalom!*은 Roland Barthes가 〈읽
기〉(reading)를 새롭게 정의한 "the reactive complement of a
writing"(S/Z 10)에 가장 적합한 텍스트, 즉 통일성과 모방, 재현
등을 거부하는 하나의 "pensive text"[11]임에 틀림없는 것이다.

---

11) 비평가 Dirk Kuyk, Jr.는 이런 텍스트를 가리켜서 "one that keeps
    its ultimate meaning in suspension"(100)이라고 단언하고 있는데,
    사실상 *Absalom, Absalom!*의 궁극적인 해석 작업에 독자를 초대
    하는 그의 비평 "Reader's Design"(98-140)은 이런 점에서 매우 주
    목할 만하다.

V. 결 론

William Faulkner가 자신의 주요 작품들, *The Sound and the Fury, As I Lay Dying, Absalom, Absalom!*에서 사용하는 창작 기교는 주로 목소리를 가지고 인물들의 의식을 실험하는 것이다. 이 실험은 소설이란 다름 아닌 〈말해지는 이야기〉(told story)라는 Faulkner 자신의 생각을 반영한 것이다. 그는 항상 목소리의 힘을 깨달았다. 시간의 지평선 너머로부터 울려오는 목소리는 신의 증거로서가 아니라 인간의 표시로서의 목소리이다. 아마도 Faulkner만큼 인간의 목소리를 다양하게 이용한 소설가는 없을 것이다. Faulkner의 소설들은 목소리를 내레이터와 구별하는 여러 전략들을 보여 준다. 가장 단순한 것은 목소리를 말하는 사람에 대한 환유로 사용하는 것이다. 그가 노벨상 수상연설에서 인간의 본질적 속성이라고 제시한 "puny inexhaustible voice, still talking"(*Portable Faulkner* 723)도 사실은 사람이 아니라 목소리이다. 목소리의 현상을 인간의 인내심과 동일하게 사용한 Faulkner의 환유는 거의 모든 그의 소설들에서 반복된다.

*The Sound and the Fury*는 기교면에서 Faulkner의 실험작이라 할 만큼 내레이터들의 의식을 목소리와 접목시킨 작품이다. 각 장은 각각의 내레이터가 생각한 의식, 다시 말해서 독백을 전개한 것이다. 이 소설은 Compson 가문의 이야기를 재구성하기

위해 독자로 하여금 네 개의 연속적인 시점을 경험하기를 요구한다. 마지막 장의 언어는 앞의 3장에서 Compson 집안 삼 형제의 의식의 흐름들을 오래도록 힘겹게 따라온 독자의 관점을 제시한다. 독자는 이 마지막 장에 와서야 비로소 혼란스런 모호함으로부터 무언가 희미하나마 하나의 가닥을 분별해 낼 수 있게 된다.

*As I Lay Dying*의 서술은 이보다 한층 더 복잡해진다. 작품 속의 여러 사건들은 방향을 제각기 달리하는 Bundren 가족의 의식들이 번갈아 번쩍이는 가운데 그 의미를 드러낸다. 따라서 이 소설의 구성 원리는 다른 무엇보다도 개인적이든 집단적이든 Bundren 가족의 의식들의 흐름이라고 말할 수 있다. 독자는 인물들의 의식 속에 깊이 들어가도록 허용되지 않은 채 Bundren 가족과 함께 작품 세계를 통과하도록 이끌려 들어간다. Bundren 가족 가운데 특히 Addie와 Darl은 각각 〈자기 정의〉(self-definition)에 도달하기 위해 처절하게 투쟁하면서 작품 전반에 걸쳐 팽팽한 대립관계를 유지한다. Addie와 Darl의 끈질긴 정신적 추구에도 불구하고 마침내 그들 각자는 고독한 자아 속에서 헛되이 투쟁을 계속하다가 한 사람은 죽음을 향해, 다른 한 사람은 광기 속으로 사라지고 만다.

*Absalom, Absalom!*에서 Faulkner는 한 걸음 더 나아가 기교상의 실험을 완성하고 있다. 그는 여기에서 독자에게 내러티브의 짐을 적극적으로 함께 나누기를 강요한다. 그는 우선 전통적인 내러티브의 주인공이 될 Sutpen으로 하여금 단지 "*to make all of us*"(262)의 역할을 담당하는 단순한 관념적 중심으로 머물게 하고, 소설의 중심 행동을 사슬 행위에 둠으로써 독자를 내러티

브 구성의 적극적인 참여자로 끌어들이고자 시도한다.

특별히 〈소설 만들기〉(fiction-making)의 과정에 관심을 보이고 있는 이상 세 작품들에서 Faulkner는 인물들의 행동에 의한 사건이나 성격보다는 그들의 목소리를 집중적으로 탐구한다. Irving Howe는 *The Sound and the Fury*와 *As I Lay Dying*에서 모든 것이 다 인물들의 목소리에 종속된다고 전제하고서, "the voices are the characters"(214)라고 주장하는데, 실상 이 말은 *Absalom, Absalom!*에도 그대로 적용될 수 있다. *Absalom, Absalom!*도 따지고 보면 관념적 상징인 Thomas Sutpen을 에워싼 여러 목소리들의 구성물로 볼 수 있기 때문이다. 실제로 Warwick Wadlington은 이 세 작품 모두 "characters who in the main are voices"(45)의 특징을 그린다고 주장한다. 그 목소리들은 모두 제각각의 관념적 중심을 향해 있다. 보다 더 정확하게는 "scripts for the reader's actual voicing"(Wadlington 45)으로 제시된다.

Faulkner는 근본적으로 인간들이 상호간에 의사소통이 단절된 세계에 살고 있다고 믿는다. 그것은 소통의 주요 수단인 말 자체가 본래 애매모호하고 믿기 어려운데다가, 각 개인이 은밀한 자기만의 삶을 추구하려는 경향을 갖기 때문이다. 그러니까 인간들은 똑같은 사람(예를 들면 Caddy, Addie, Sutpen)이나 똑같은 사실(예를 들면, 죽음, 시간, 돈 등)에 대해서도 각기 나름대로 다르게 반응한다. 인간들의 삶의 양태는 엄밀히 말해서 지구상의 인구 숫자만큼이나 다양할 것이므로, 그 가운데 어느 것은 옳고 어느 것은 그르다고 단정할 수는 없을 것이다. Faulkner는 이런 복합적인 세계를 리얼하게 보여주기 위해서 다양한 목소리, 다양한 문체, 다양한 관점 등을 다양하게 구사하는 것이다. 다양한 목소리와 문체, 그리고 관점들의 집합체인 Faulkner 작품들의 공통적 특징은 한마디로 미결정성이이라 할 만하다. 어쩌면 Faulkner는 어떤 이야기를 전개시키기보다는 싸맴으로써 고의로 작품들을 모호하게 만드는 것처럼 보인다. 결과적으로 이 작품들은 다양한 해석을 불러일으키고 독자의 기대를 끊임없이 뒤엎으면서 온갖 종류의 독서 방법을 자극한다. 이로 인해 독자가 창조적으로 참여하는 읽기 과정이 절실히 요청된다.

Faulkner 평자들은 대체로 그의 작품들이 다수의 해석에 개방되어 있다고 믿는다. 실상 이것은 비난이기보다는 풍부한 문학적 특성을 강조하는 것이다. Faulkner는 해석의 자유를 궁극적으로는 독자가 갖는 것으로 산출해 낸다. 따라서 우리는 Faulkner의 텍스트에서, 텍스트가 의미의 복수성을 갖는다면 그것은 텍스트 자체가 의미를 내포하기 때문이 아니라 다양한 절차에 따라 의미를 생산해 내는 독자를 내포하기 때문이라는 비평가 Culler의 주장(243)을 새삼 확인할 수 있게 된다.

Faulkner는 상술한 세 작품에서 여러 내레이터들을 통한 복합 시점을 중요한 서술 방법으로 채택하면서 최후의 내레이터로서 독자의 시점을 언제나 배려하고 있다. 실제로 그는 Virginia 대학의 강연에서 *Absalom, Absalom!*에 나오는 내레이터들의 기능을 규정하는 가운데 그의 유명한 〈진리를 바라보는 열세 가지 방법〉에 관해 설명한 바 있다(*Faulkner in the University* 273-74).

어느 한 인물도 모든 것을 다 보거나 말할 수는 없다. 또한 어느

한 내레이터도 다른 내레이터들이 제기한 담화나 생각을 완전히 파악할 수는 없다. 아마도 독자만이 유일하게 이 방식으로 모든 것을 꿰뚫어 볼 수 있을 것이다. 그의 눈에서는 서로 다른 관점들이 쉽게 포개질 수도 있고, 두 개 이상의 의미가 동시에 병행할 수도 있다. Faulkner는 무엇보다도 의미를 생산하는 과정으로서의 텍스트 읽기를 강조한다. 그렇다고 해서 Faulkner가 서술의 주체인 내레이터들을 과소평가하는 것은 결코 아니다. 독자의 시점으로 여겨지는 열네 번째 투시 방법은 어디까지나 그보다 앞서 내레이터들에 의해 시도된 열세 가지 방법을 다 거치고 나서 그것들을 종합한 것이기 때문이다. 어떤 의미에서 독자는 "co-narrator and co-narratee of the narrative"(Pitavy, "Narrative Voice" 192)인 셈이다. 그렇다면 Faulkner의 소설에서 중요한 것은 복합시점 그 자체가 아니라 하나의 이해할 수 있는 텍스트를 제공하기 위해 시점들이 서로 겹쳐지는 것이다.

예술의 교환 원리에 따르면 인물들이 저자를 통해 살듯이 저자는 인물 속에 산다. 이야기꾼과 청자인 독자의 관계도 이와 똑같은 원리 위에서 성립한다. 이 네 가지 요소 가운데 어느 한 곳에도 최종적인 권위란 없다. 문학을 텍스트의 재구성, 즉 만들어지는 행위에 있는 위험스런 협동으로 간주한다면 저자와 인물과 이야기꾼은 상호 결탁하거나 협동하여 새로운 사실들을 도입한다. 그다음에 할 일은 독자에게 넘겨진다. 이것은 이미 발견된 사실들을 바탕으로 작품 속의 디자인을 발견하고, 또 그 작품에 디자인을 부여하는 일이다. 독자는 자기도 모르는 사이에 언어에 굉장한 힘을 부여한다. 이러한 독자의 능력이 바로 Jean-Pierre

Dupuy가 말하는 "the capacity to create a universe according to its own internal law"(505)이다. 효과적인 텍스트는 독자가 공연하지 않으면 작가도 공연하지 못한다. 이 말은 적어도 독자가 정신적으로, 그리고 최소한도로 단서들을 좇아서 연기하지 않으면 아무것도 들려오지 않는다는 말이다. 이것이 바로 Faulkner 산문의 말하기와 듣기라는 공식을 이용하여 목소리를 논하는 이유이다.

Faulkner의 작품에서 독자가 끝없는 의미 생산의 작업에 초대받는 것은 당연한 이치이다. 그러니까 독자는 읽고 또 읽어 나가면서 Faulkner가 쓴 책을 다시 쓰는 작업에 참여하게 되는 것이다. 그러기에 독자는 마지막에 가서 사건들을 이중적 비전으로 바라볼 수 있게 된다. 그리하여 한편으로는 참혹하고 답답한 남부의 현실을 있는 그대로 인식하고, 다른 한편으로는 그 비극적 현실을 보편적 상태로 드높인다.

언어를 유일한 도구로 삼는 작가 Faulkner는 언어를 다루다 보니 자연히 그 언어에의 불신을 깊이 절감하는 것 같다. 끊임없이 시니피앙(signifier)이 시니피에(signified)를 덮고 묻어버리려는 경향을 지닌 언어를 다루는 데 있어서 Faulkner는 확실한 체험에 대한 모더니즘적 비전을 포기함으로써 어쩌면 비평가 Morris가 논평하는 대로 포스트모더니즘의 문지방을 넘어선 것처럼 보인다 (151). 그러기에 그가 그리는 인물들은 한결같이 불충분한 언어의 세계를 뛰어넘고자 안간힘을 쓴다. Samuel Beckett이나 Robbe-Grillet 같은 현대 작가들은 언어의 의미를 희미하게 하려고, 다시 말해서 가능한 한 언어를 침묵의 상태에 가깝게 가져가려고 노력했다. 그러나 Faulkner는 그렇지 않다. 그는 한 인터뷰에서 인간의 비극을 가리켜 "the impossibility--or at least tremendous difficulty--of communication"(*Lion in the Garden* 70-71)이라고 밝힌 바 있다. 따라서 그는 언어를 불신하면서도 문학적 담화의 특성을 갖는 언어를 정교하게 사용하는 것은 의미를 취소하는 것과는 달리 의미의 무한한 가능성을 열어준다고 믿는다. André Bleikasten은 현대시의 기능이라고 흔히 여겨지는 "to make sense of and in the senseless"(*Most Splendid Failure* 204)야말로 Faulkner의 창작 전략이라고 암시한다. 작가가 언어의 절대적 존재를 회복하여 그것의 공허감을 채워 충만하게 만든다거나 파편을 전체로 바꾼다는 것은 물론 불가능한 꿈이다. 그러한 시도는 결코 완성되지 못한다. 그렇지만 이 실패 속에서 소설은 성공하는 것이다. 독자의 참여가 기대되는 것 또한 이 때문이다. 저자가 실패한 것을 독자기 성공할 수 있어서 그런 것은 절대 아니다. 다만 독자는 의미를 만들어 내려는 시도를 쉽사리 포기하려 들지 않는다. 이것은 바로 독자의 구성적 의식 때문이다. 독자는 미학적 대상을 생산해 내려고 노력하면서, 그와 동시에 리얼리티가 인식되고 이해되는 상황을 만들어낸다. Faulkner는 누구보다도 이것을 잘 알고 있다. 그러니까 그는 우리에게 재해석할 수 있는 여건을 마련하려고 최선을 다한다. 어쩌면 이러한 내러티브의 구성은 수동적 독서 습관에 반대하는 일종의 자극적이고 도전적인 행위처럼 보이기도 한다.

Faulkner의 텍스트는 종래의 저자나 이야기꾼에게 주어졌던 전통적인 권위가 청자에게로 양도되는 수사적 상황을 만들어낸다. 그의 텍스트의 특성은 한마디로 의미의 복수성이다. 따라서 독자가 그 의미를 궁극적으로 열고 닫도록 초청받는다. 이것은 비유적으로 독자를 텍스트 속에서 말하도록 초대하는 상황으로서, 저자의 죽음과 함께 비로소 독자의 〈글쓰기〉(writing)가 시작된다는 Roland Barthes ("Death of Author" 54-59)의 주장을 상기시켜 준다. 이러한 글쓰기야말로 진정한 의미에서 Faulkner가 추구하는 구체적인 문학 행위라고 말할 수 있다. 실험적인 기교파 Faulkner가 꾸준히 추구해 온 최종적 명제는 현대 비평에서 자주 등장하는 이른바 "reader as writer"[1]의 개념과 상통한다. 요컨대, Faulkner에게 있어서 작가 또는 텍스트의 힘 있는 연출은 오직 독자의 멋진 공연을 통해서만 가능하다는 생각이 무엇보다도 중요한 것이다.

---

1) 이 개념은 단순히 종래의 수동적이고 소비적인 독서 형태를 가리키는 것이 아니라 능동적이고 생산적인 글쓰기-읽기를 가리키는 현대 비평의 중요한 양상 중 하나이다. 그 안에서는 어떤 오케스트라 악보가 훌륭한 연주 기술을 가진 독자의 마음속에서 완전한 소리를 내면서 공연적으로 읽혀질 수 있다고 아는 것으로 충분치 못하다. 오케스트라의 공연을 위한 실제의 연주 기술과 마찬가지로 실제적인 읽기 기술을 배우고 연마하고 응용해야 한다는 것이 무엇보다도 중요하다. 막연하게 모든 것을 포용한다는 그릇된 인식에서부터 출발한 현대의 독자 비평은 여전히 초기 단계이다. 그렇지만 그것은 문학 자체의 본질을 새롭게 규명해 주면서, 읽기 행위라는 미지의 창조 영역으로 들어가는 문을 열어주었다.

참고문헌

1. Works by Faulkner

Absalom, Absalom! NY: Modern Library, 1964.

As I Lay Dying. Harmondsworth: Penguin, 1976.

The Sound and the Fury. NY: Modern Library, 1966.

2. Interviews, Speeches, Lectures and Memoirs by Faulkner

Faulkner in the University: Class Conferences at the University of Virginia, 1957-1958. Eds. Frederick L. Gwynn and Joseph L. Blotner. Charlottesville: U of Virginia P, 1959.

The Faulkner-Cowley File: Letters and Memoirs, 1944-1962. Ed. Malcolm Cowley. NY: Viking Press, 1966.

"Introduction to *The Sound and the Fury*, 1933." *William Faulkner's The Sound and the Fury: A Critical Casebook.* Ed. André Bleikasten. New York: Garland, 1982. 7-14.

Lion in the Garden: Interviews with William Faulkner, 1926-1962. Eds. James B. Meriwether and Michael Millgate. NY: Random House, 1968.

The Portable Faulkner. Ed. Malcolm Cowley. NY: Viking, 1976.

Selected Letters of William Faulkner. Ed. Joseph Blotner. NY: Random House, 1977.

Writers at Work. Ed. Malcolm Cowley. NY: Viking, 1958.

3. Other Works Cited

Adams, Richard P. *Faulkner: Myth and Motion*. Princeton: Princeton UP, 1968.

Backman, Melvin. "Addie Bundren and William Faulkner." *Faulkner: The Unappeased Imagination*. Ed. Glenn O. Carey. NY: Whitston, 1980. 7-23.

Backman, Melvin. *William Faulkner: The Major Years*. Bloomington: Indiana UP, 1966.

Barthes, Roland. "The Death of the Author"(1968). Trans. Richard Howard. *Contemporary Critical Theory*. Ed. Dan Latimer. San Diego: Harcourt, 1989. 54-59.

Barthes, Roland. S/Z(1970). Trans. Richard Miller. NY: Noonday, 1974.

Bassett, John, E. *Vision and Revisions: Essays on Faulkner*. West Cornwall: Locutus Hill, 1989.

Beckett, Samuel. *Waiting for Godot*. London: Faber, 1956.

Benjamin, Walter. "The Storyteller: Reflections on the Works of Nikolai Leskov." *Illuminations.* Ed. Hannah Arendt. Trans. Harry Zohn. NY: Schocken, 1969. 155-200.

Bleikasten, André. *Faulkner's As I Lay Dying.* Trans. Roger Little. Bloomington: Indiana UP, 1973.

Bleikasten, André. *The Most Splendid Failure: Faulkner's The Sound and the Fury.* Bloomington: Indiana UP, 1976.

Bradford. M. E. "Addie Bundren and the Design of *As I Lay Dying.*" *Southern Review,* 6(1970): 1093-99.

Brooks, Cleanth. *William Faulkner: Toward Yoknapatawpha and Beyond.* New Haven: Yale UP, 1978.

Brooks, Cleanth. *William Faulkner: The Yoknapatawpha Country.* New Haven: Yale UP, 1963.

Brooks, Peter. "Incredulous Narration: *Absalom, Absalom!*" *Reading for the Plot: Design and Intention in Narrative.* NY: Knopf, 1984. 286-312.

Brylowski, Walter. *Faulkner's Olympian Laugh: Myth in the Novels,* Detroit: Wayne State UP, 1968.

Chase, Richard. *The American Novel and Its Tradition.* Baltimore: Johns Hopkins UP, 1957.

Clarke, Deborah L. "Familiar and Fantastic: Women in *Absalom, Absalom!*" *The Faulkner Journal,* Vol.2, No.1(Fall 1986): 62-72.

Claxon, William N., Jr. "Jason Compson: A Demoralized Wit."

Faulkner and Humor: Faulkner and Yoknapatawpha, 1984. Eds. Doreen Fowler and Ann J. Abadie. Jackson: UP of Mississippi, 1985. 21-33.

Collins, Carvel. "The Interior Monologues of *The Sound and the Fury.*" *English Institute Essays 1952.* Ed. Alan S. Downer. NY: Columbia UP, 1954. 29-56.

Culler, Jonathan. *Structuralist Poetics: Structuralism Linguistics and the Study of Literature.* London: Routledge, 1975.

Dowling, David. *Modern Novelists: William Faulkner.* NY: St. Martin's P, 1989.

Dupuy, Jean-Pierre. "Self-Reference in Literature." *Poetics,* Vol.18, No.6(1989): 491-515.

Egan, Philip J. "Embedded Story Structures in *Absalom, Absalom!*" *American Literature,* Vol.55, No.2(May 1983): 199-214.

Foucault, Michel. *Madness and Civilization: A History of Insanity in the Age of Reason.* Trans. R. Howard. NY: Pantheon, 1965.

Fowler, Doreen. *Faulkner's Changing Vision: From Outrage to Affirmation.* Ann Arbor: UMI Research P, 1976.

Hagopian, John V. "Nihilism in Faulkner's *The Sound and the Fury.*" *Modern Fiction Studies,* 13(Spring 1967): 45-55.

Hedeen, Paul M. "A Symbolic Center in a Conceptual Country: A Gassian Rubric for *The Sound and the Fury.*" *Modern*

Fiction Studies, Vol.31, No.4(Winter 1985): 623-43.

Hemenway, Robert. "Enigmas of Being in *As I Lay Dying*." *Modern Fiction Studies*, 16(Summer 1970): 133-46.

Hoffman, Frederick J. *William Faulkner*. NY: Twayne, 1966.

Howe, Irving. *William Faulkner: A Critical Study*. Chicago: U of Chicago P, 1985.

Hunt, John W. *William Faulkner: Art in Theological Tension*. Syracuse: Syracuse UP, 1965.

Iser, Wolfgang. *The Implied Reader: Patterns of Communication in Prose Fiction from Bunyan to Beckett*. Baltimore: Johns Hopkins UP, 1974.

Kartiganer, Donald M. "*The Sound and the Fury* and Faulkner's Quest for Form." *Journal of English Literary History*, 37(1970): 613-39.

Kawin, Bruce F. *The Mind of the Novel: Reflexive Fiction and the Ineffable*. Princeton: Princeton UP, 1982.

Kerr, Elizabeth M. "*As I Lay Dying* as Ironic Quest." *William Faulkner: Four Decades of Criticism*. Ed. Linda W. Wagner. East Lansing: Michigan State UP, 1973. 230-43

Kerr, Elizabeth M. *Yoknapatawpha*. NY: Fordham UP, 1969.

Kinney, Arthur F. *Faulkner's Narrative Poetics: Style as Vision*. Amherst: U of Massachusetts P, 1978.

Kuyk, Jr., Dirk. *Sutpen's Design: Interpreting Faulkner's*

Absalom, Absalom! Charlottesville: UP of Virginia, 1990.

Lecercle-Sweet, Ann. "The Chip and the Chink: The Dying of the 'I' in *As I Lay Dying.*" *The Faulkner Journal,* Vol.2, No.1(Fall 1986): 46-61.

Longley, John L., Jr. *The Tragic Mask: A Study of Faulkner's Heroes.* Chapel Hill: U of North Carolina P, 1985.

Lowrey, Perrin. "Concepts of Time in '*The Sound and the Fury.*'" *Twentieth Century Interpretations of The Sound and the Fury.* Ed. Michael H. Cowan. Englewood Cliffs: Prentice-Hall, 1968. 53-62.

Mathews, Laura. "Shaping the Life of Man: Darl Bundren as Supplementary Narrator." *The Journal of Narrative Technique,* Vol.16, No.3(Fall 1986): 231-45.

Mayoux, Jean-Jacques. "The Creation of the Real in William Faulkner." *William Faulkner: Three Decades of Criticism.* Eds. Frederick J. Hoffman and Olga W. Vickery. East Lansing: Michigan State UP, 1960. 156-73.

McPherson, Karen. "*Absalom, Absalom!*: Telling Scratches." *Modern Fiction Studies,* Vol.33, No.3(Autumn 1987): 431-49.

Mellard, James M. *The Exploded Form: The Modernist Novel in America.* Urbana: U of Illinois P, 1980.

Messerli, Douglas, "The Problem of Time in *The Sound and the Fury:* A Critical Reassessment and Reinterpretation."

Southern Literary Journal, 6(Spring 1974): 19-41.

Monaghan, David M. "The Single Narrator of *As I Lay Dying*." *Modern Fiction Studies*, 18(1972): 213-20.

Morris, Wesley. *Reading Faulkner*. Madison: U of Wisconsin P, 1989.

Muhlenfeld, Elisabeth S. "Shadows with Substance and Ghosts Exhumed: The Women in *Absalom, Absalom!*" *William Faulkner: Critical Collection*. Ed. Leland H. Cox. Detroit: Gale Research, 1982. 249-66.

O'Connor, William Van. *The Tangled Fire of William Faulkner*. Minneapolis: U of Minnesota P, 1954.

Page, Sally R. *Faulkner's Women: Characterization and Meaning*. Deland: Everette, 1983.

Parker, Robert Dale. *Faulkner and the Novelistic Imagination*. Urbana: U of Illinois P, 1985.

Pilkington, John. *The Heart of Yoknapatawpha*. Jackson: UP of Mississippi, 1981.

Pitavy, Francois L. "The Gothicism of *Absalom, Absalom!*." *A Cosmos of My Own: Faulkner and Yoknapatawpha, 1980*. Eds. Fowler and Ann J. Abadie. Jackson: UP of Mississippi, 1981.

Pitavy, Francois L. "The Narrative Voice and Function of Shreve: Remarks on the Production of Meaning in *Absalom, Absalom!*" *William Faulkner's Absalom, Absalom!: A*

Critical Casebook. Ed. Elisabeth Muhlenfeld. NY: Garland,
    1984. 189-205.

Pitavy, Francois L. "Through the Poet's Eye: A View of
    Quentin Compson." William Faulkner's The Sound and
    the Fury: A Critical Casebook. Ed. Bleikasten. NY:
    Garland, 1982.

Powers, Lyall H. Faulkner's Yoknapatawpha Comedy. Ann
    Arbor: U of Michigan P, 1980.

Ragan, David Paul. William Faulkner's Absalom, Absalom!: A
    Critical Study. Ann Arbor: UMl Research P, 1987.

Reed, Joseph W., Jr. Faulkner's Narrative. New Haven: Yale
    UP, 1973.

Ross, Stephen M. Fiction's Inexhaustible Voice: Speech and
    Writing. Athens: U of Georgia P, 1989.

Ross, Stephen M. "The 'Loud World' of Quentin Compson."
    William Faulkner's The Sound and the Fury: A Critical
    Casebook. Ed. Bleikasten. New York: Garland, 1982.
    101-14.

Ruppersburg, Hugh M. Voice and Eye in Faulkner's Fiction.
    Athens: U of Georgia P, 1983.

Sartre, Jean-Paul. Literary and Philosophical Essays. Trans.
    Annette Michaelson. NY: Collier, 1962.

Schoenberg, Estella. Old Tales and Talking: Quentin Compson
    in William Faulkner's Absalom, Absalom! and Related

Works. Jackson: UP of Mississippi, 1977.

Sherry, Charles. "Being Otherwise: Nature, History, and Tragedy in *Absalom, Absalom!.*" *Arizona Quarterly: A Journal of American Literature, Culture and Theory,* Vol.45, No.3(Autumn 1989): 47-76.

Slabey, Robert M. "*As I Lay Dying* as an Existential Novel." *Makers of the Twentieth-Century Novel.* Ed. Harry R. Garvin. Cranbury: Associated University Presses, 1977. 208-17

Slatoff, Walter J. *Quest for Failure: A Study of William Faulkner.* Ithaca: Cornell UP, 1960.

Snead, James A. *Figures of Division: William Faulkner's Major Novels.* NY: Methuen, 1986.

Stein, Jean. "William Faulkner: An Interview." *William Faulkner: Three Decades of Criticism.* Eds. Frederick J. Hoffman and Olga W. Vickery. East Lansing: Michigan State UP, 1960. 67-82.

Sundquist, Eric J. *Faulkner: The House Divided.* Baltimore: Johns Hopkins UP, 1983.

Swiggart, Peter. The Art of Faulkner's novels. Austin: U of Texas P, 1962.

Thompson, Lawrance. "Mirror Analogues in *The Sound and the Fury.*" *William Faulkner: Three Decades of Criticism.* 211-25.

Tokizane, Sanae. *Faulkner and/or Writing on Absalom, Absalom!*. Tokyo: Liber P, 1986.

Vickery, Olga W. *The Novels of William Faulkner: A Critical Interpretation*. Baton Rouge: Louisiana State UP, 1964.

Volpe, Edmund L. *A Reader's Guide to William Faulkner*. NY: Octagon, 1988.

Wadlington, Warwick. *Reading Faulknerian Tragedy*. Ithaca: Cornell UP, 1987.

Wagner, Linda Welshimer. "Jason Compson: The Demands of Honor." *Sewanee Review*, 79(1971).

Warren, Robert Penn. "William Faulkner." *William Faulkner: Three Decades of Criticism*. 109-24.

Watkins, Floyd C. *"What Happens in Absalom, Absalom!."* *Modern Fiction Studies*, 13(Spring 1967): 79-87.

Wellek, Rene, and Austin Warren. *Theory of Literature*. NY: Harcourt, 1956.

Wittenberg, Judith Bryant. *Faulkner: The Transfiguration of Biography*. Lincoln: U of Nebraska P, 1979.

Williams, Raymond. *Modern Tragedy*. Stanford UP, 1966.

· 저자 ·

한혜경 · 약 력 ·
韓惠卿
연세대학교 대학원 영문학 석사
건국대학교 대학원 영문학 박사

현 한국번역학회 편집담당이사
호손과 미국소설 학회 이사
동덕여자대학교 영문학과 교수

· 주요 논저 ·

「내러티브 조정자로서의 바이런 번취: 『8월의 빛』의 초점화」
「호손의 '감추기 미학': 『블라이드데일 로맨스』를 중심으로」
「캐디와 리나: 포크너의 아름다운 여성들」
『The Blithedale Romance』(공편저)
『블라이데일 로맨스』(공역서)
외 다수

위대한 이야기꾼
윌리엄 포크너

· 초판 인쇄	2006년 7월 30일
· 초판 발행	2006년 7월 30일
· 지 은 이	한혜경
· 펴 낸 이	채종준
· 펴 낸 곳	한국학술정보㈜
	경기도 파주시 교하읍 문발리 526-2
	파주출판문화정보산업단지
	전화 031) 908-3181(대표) · 팩스 031) 908-3189
	홈페이지 http://www.kstudy.com
	e-mail(e-Book사업부) ebook@kstudy.com
· 등 록	제일산-115호(2000. 6. 19)
· 가 격	21,000원

ISBN 89-534-5456-5 93840 (Paper Book)
      89-534-5457-3 98840 (e-Book)